JA

銀河乞食軍団　黎明篇④

誕生！　〈星海企業〉

鷹見一幸・著／野田昌宏・原案

早川書房

6796

図版イラスト：鷲尾直広

本書は野田昌宏氏の原案をもとに、なぜムックホッファとロケ松が東銀河連邦宇宙軍を退役し、〈銀河乞食軍団〉こと星海企業をたちあげることになったのか、その誕生秘話を描いた作品である。

目次

蒼橋《あおのはし》星系概念図

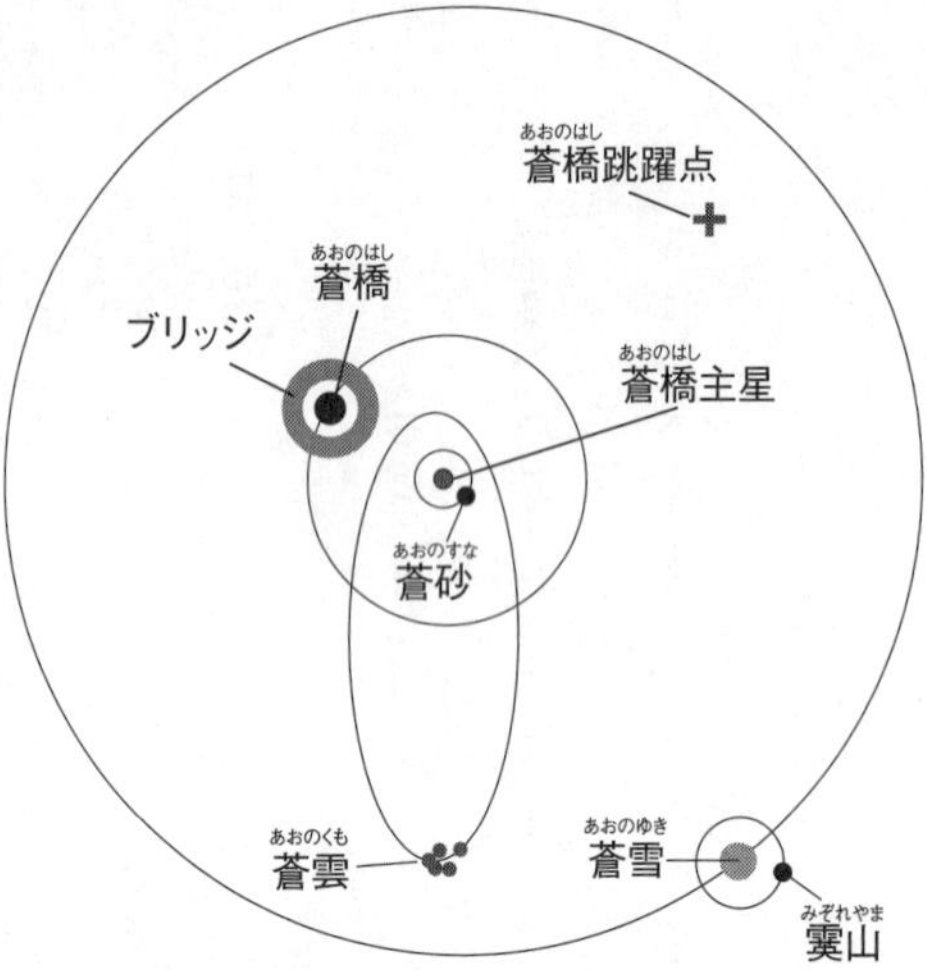

ブリッジ概念図

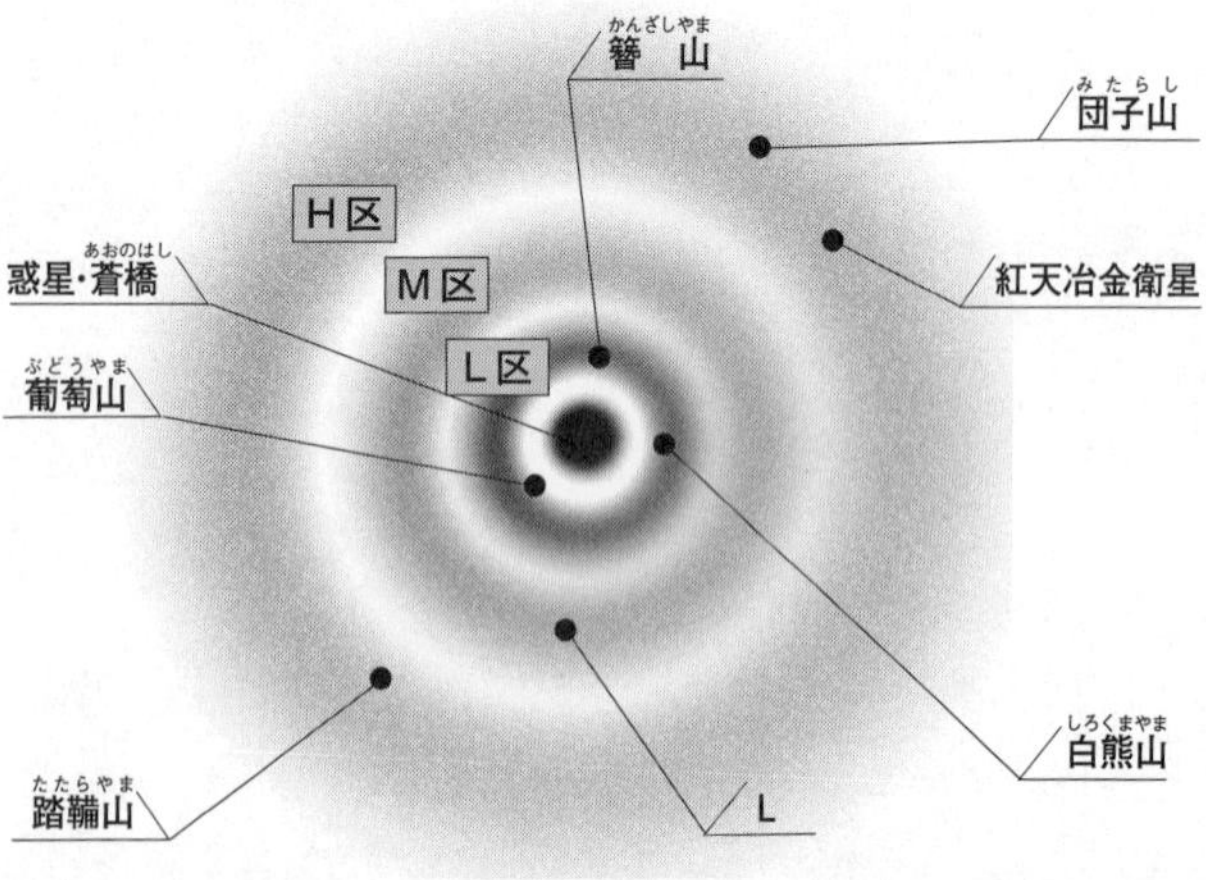

簪山《かんざしやま》（蒼宙市《あおぞらし》）

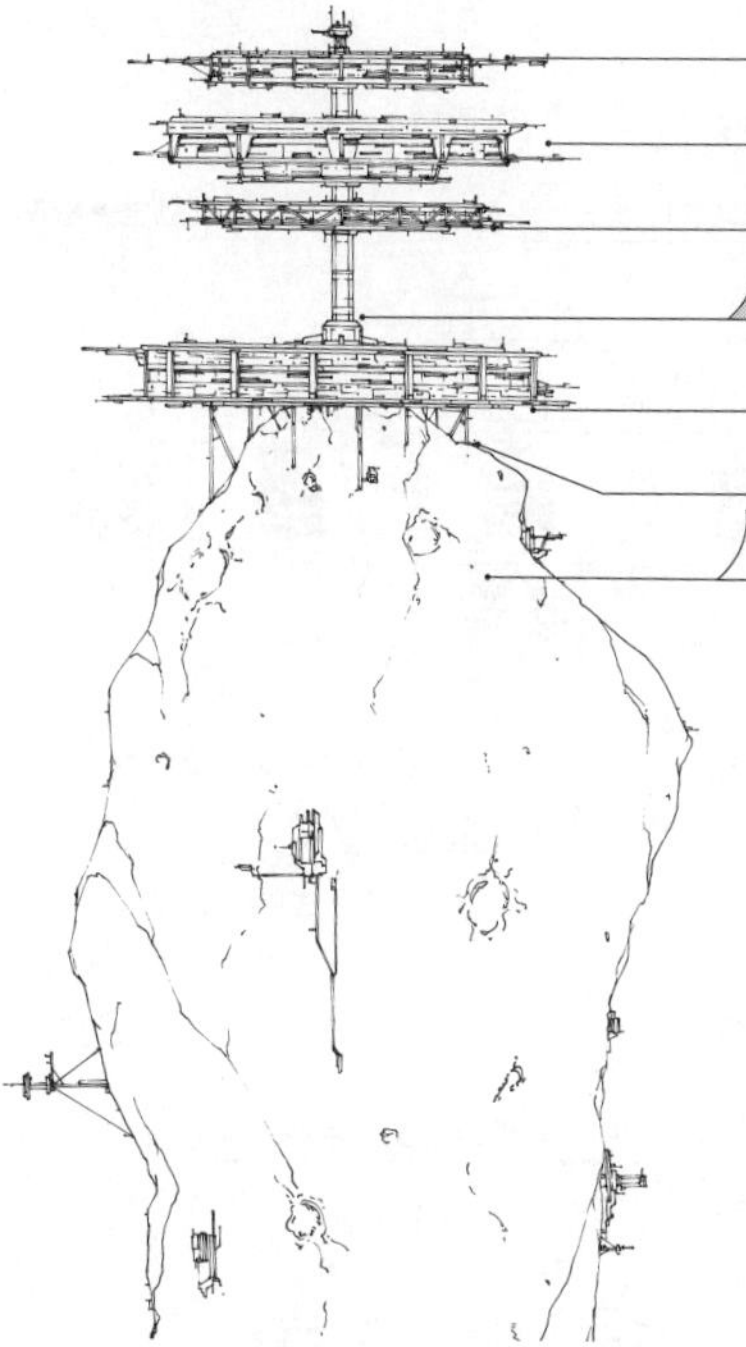

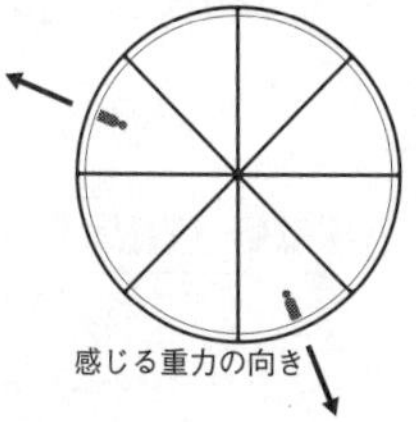

ロビーを真上から見た図
(埠頭と簪山の小惑星部分は省略)

※埠頭部分は円盤構造だが、回転していない。(無重力)
※中央シャフトが、そのまま簪山 (小惑星) を貫いている。
※簪山は自転している。内部はくりぬかれていて、内部が居住区画になっている。
一番外側の居住リングで、1G になる。
※埠頭から中央シャフトで接続されたロビーは、円筒形の構造で、簪山に同期して回転している。1G。
※埠頭からは中央シャフトのリフトでロビー部分まで移動。(無重力から微小重力)
その後、スポークのリフトに乗り換えて、円筒の一番外側へ。(微小重力から 1G)
ロビーから簪山へは回転が同期しているのでリフトでそのまま移動。(1G のまま)

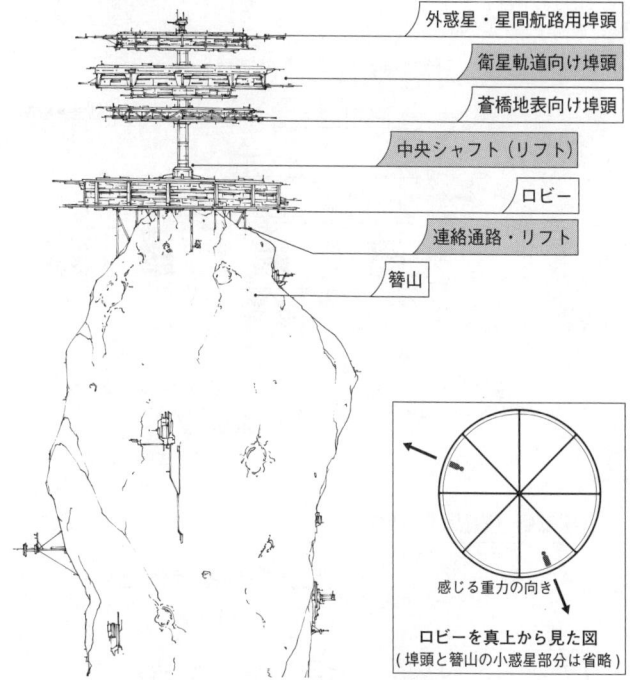

採鉱艇〈車曳き〉仕様

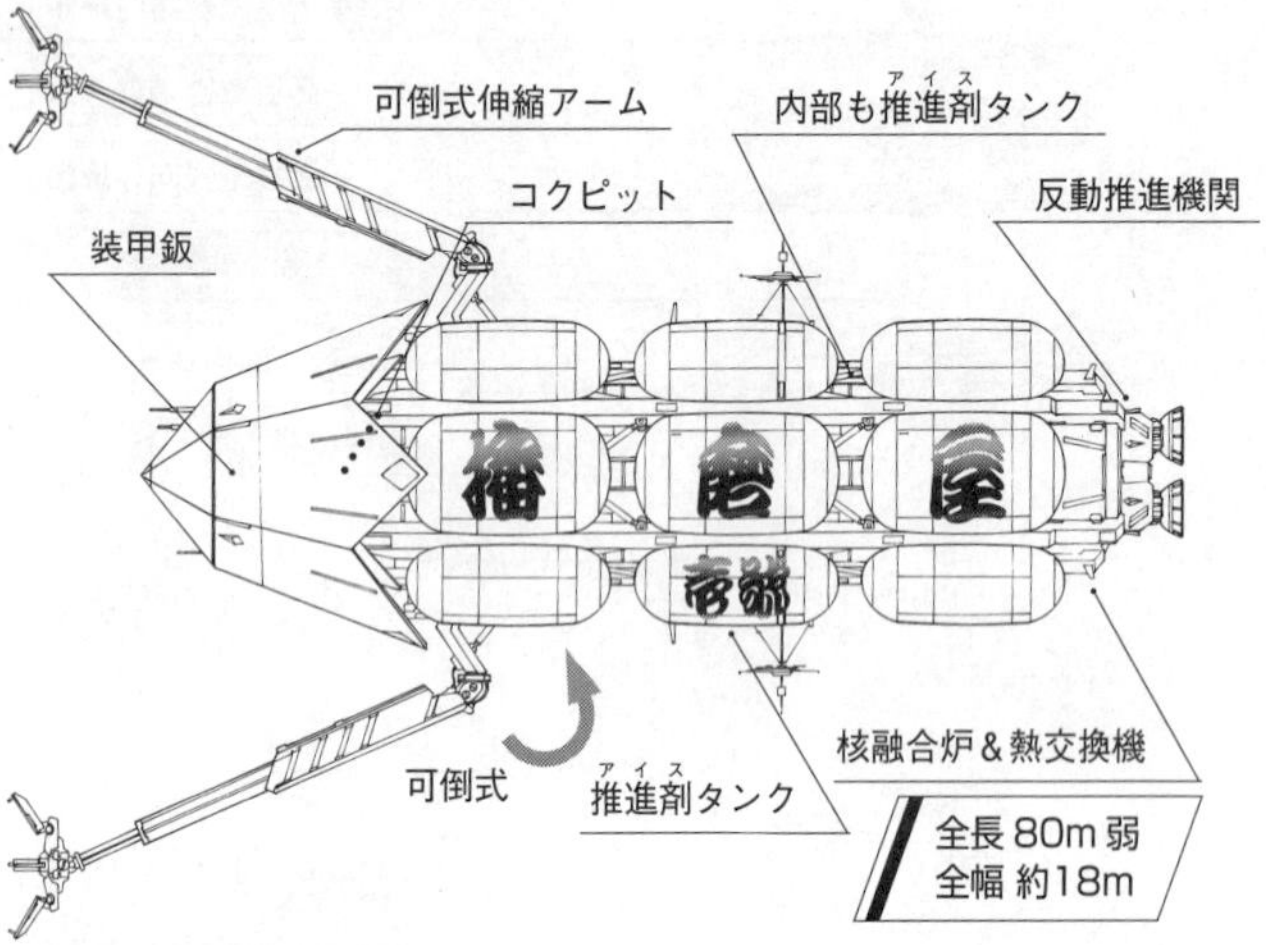

採鉱艇〈露払い〉仕様

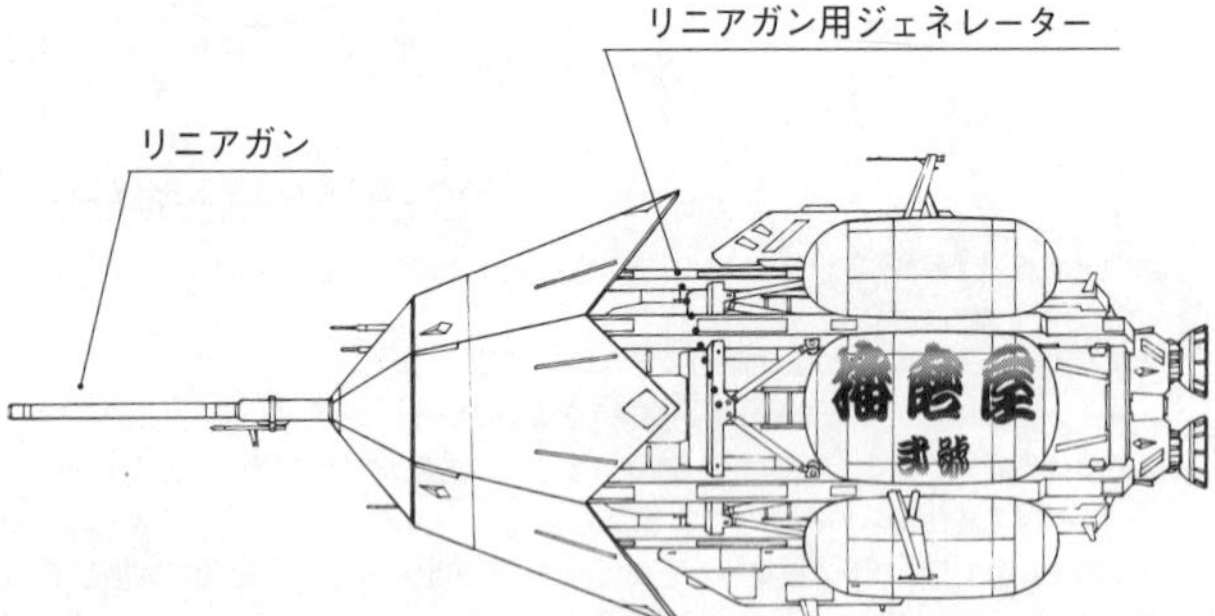

採鉱艇〈発破屋〉仕様

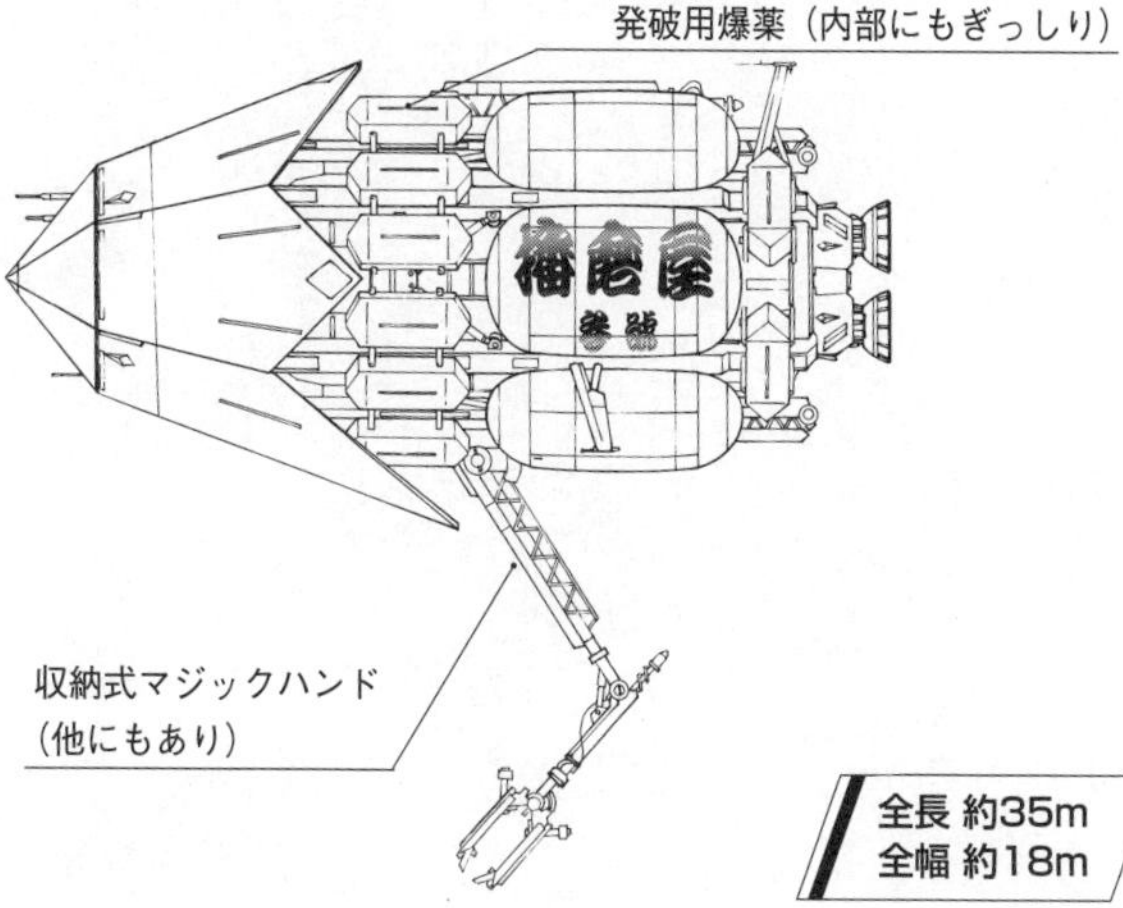

全長 約35m
全幅 約18m

採鉱艇〈旗士〉仕様

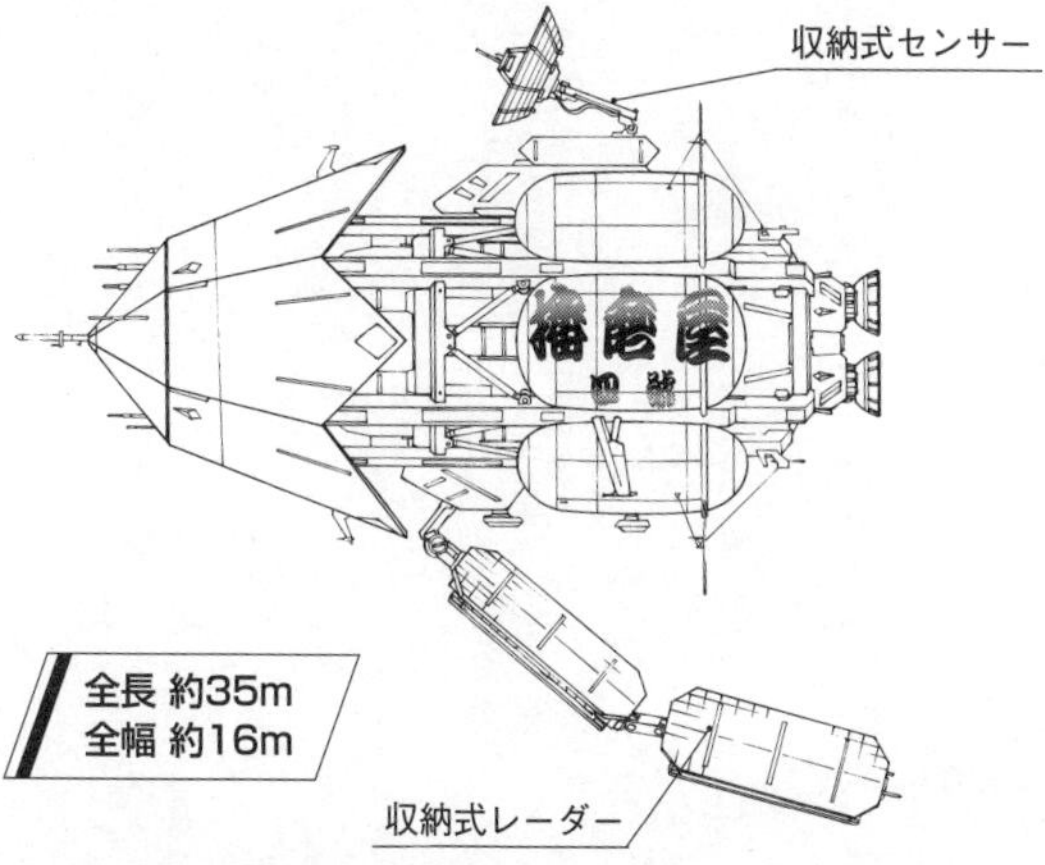

全長 約35m
全幅 約16m

誕生！〈星海企業〉

着任！　新〈蒼橋〉弁務官

登場人物

ジェリコ・ムックホッファ……新〈蒼橋〉弁務官
熊倉松五郎……………………蒼橋駐在弁務官事務所付武官
更紗屋沙良……………………同事務員
ムスタファ・カマル…………蒼橋評議会主席
滝乃屋仁左衛門………………蒼橋義勇軍司令長官
和尚……………………………〈蒼橋〉全権代表
ロイス・クレイン……………星湖トリビューン蒼橋特派員
播磨屋源治……………………播磨屋一家の八代目大将。車曳き。《播磨屋壱號》。蒼橋義勇軍中佐
大和屋小雪……………………同ナビゲーター。同大尉
成田屋甚平……………………露払い。《播磨屋弐號》。同大尉
音羽屋忠信……………………発破屋。《播磨屋参號》。同少佐
滝乃屋昇介……………………旗士。《播磨屋四號》。同中尉
生駒屋辰美……………………露払い。同大尉
弁天屋万太郎…………………車曳き。同少佐
夢子……………………………旗士。同中尉
越後屋景清……………………蒼橋義勇軍少佐。〈紅天〉工作員
越後屋八重……………………景清の妻

——〈蒼橋《あおのはし》〉の工業衛星群〝踏鞴山《たたらやま》〟の一工場で開発された新しい〈合金《アロイ》〉がすべてを変えた。

高次空間通信《HDSN》にかかるコストをいっきに削減するこの〈合金《アロイ》〉が実用化されれば、その影響は東銀河連邦の隅々まで波及する。高次空間通信《HDSN》に依存していない星系など存在しないからだ。

低コストの即時通信網実現は、同時に東銀河連邦の経済システムの大変革をもたらし、無数の星系や企業がその恩恵を享受することになるだろう。だが同時に、これまで既得権益を握っていた者たちが、素直に新興勢力に席を譲るはずがないのも確実なのだ。

東銀河連邦を構成する有力星系の思惑は様々だが、この一点についてだけは見解が一致していた——この〈合金《アロイ》〉によって連邦の経済は長期的には飛躍的に発展するだろうが、短期的には大混乱を招きかねない——と。

東銀河連邦はもともと、帝国時代の専横と圧政の反省によって成立した政体だ。それゆえに、ひとつの人類共同体を維持すること——逆に言えば分裂を回避すること——は至上命題と言っていい。

だから、有力な大星系は主導権をめぐって陰に陽に抗争を続けつつも、たがいに拮抗する以上の勢力拡大を意図しなかった——そう、これまでは。

にもかかわらず〈紅天《こうてん》〉が〈蒼橋〉を占領することで〈合金《アロイ》〉を手にし、あまつさえそれを連邦直接加盟のカードに使おうとすれば——どの星系が取りこむにせよ——間違いなく有力星系間の均衡が崩れる。

故に、彼ら有力星系は——長時間のすったもんだのあげく——相互の利害を一時棚上げにし、事態を強制的に収拾することで合意した。連邦安全保障委員会は全会一致で和平決議を行ない、それを背景に〈紅天〉が振り上げた拳《こぶし》を寄ってたかって押さえ付けたのだ。

かくて、持てる戦力のほとんどを動員した紅天艦隊は、壮図虚《むな》しく〈蒼橋〉を後にするに至った……。

——と、そこまで打って、星湖《ほしのうみ》トリビューン〈蒼橋〉特派員ロイス・クレインは携帯《て》ビ《ち》ュ《よ》ーア《う》ーから手を離し、これまでに打った文章を読み返した。

――ダメね、固すぎるわ。いくら部長の指示でもわたしには無理かも……。

〝簪山《かんざしやま》〟のホテルの一室にこもってもう三日目。紅天艦隊が撤退した後、ロイスの立場も変化している。

対〈紅天〉の和平交渉と、対連邦の〈合金《アロイ》〉交渉の行方に連邦じゅうの耳目が集まる今、庶民のトピックだけを送ってくるとはどういう了見だ！　おまえには星間マスコミたる自覚はあるのか！――という部長のカミナリが落ちて、今はもう少し視野を広げた記事を送るべく奮闘中なのだ。

――そうは言っても、主席や御隠居《ごいんきょ》司令長官には簡単に会えないしなぁ……。

――かといって、〈蒼橋〉の全権代表はまだ決まらないし……。

――やはり連邦の新任弁務官があの人だから、評議会も慎重になっているんだろか？

――いずれにせよ、どちらかに話を聞けるまでこの記事は進まないわね……。

そこまで考えてあきらめたのだろう。ロイスは親譲りの眼鏡を外して眉間を揉んだ。

遺伝性の近視を治療しないのは日和見《ひよりみ》遺伝子保全のためだが、少し後悔することもないわけではない。

――遺伝子に手を加えないでおけば、子孫が環境の変化に対応しやすくなるっていうのは分かるんだけど……え、子孫？　嫌だ、わたし何考えてるんだろう……。

なぜか少し赤くなったロイスは両手を頭の後ろで組み、椅子に背中を預けて思い切り反らした。腰の奥にある鈍い痛みの塊がうめき声を上げるが、今はそれが少し懐かしい。

——昇介《しょうすけ》クンの艇《フネ》に乗っていた時は治ったと思ったんだけどなぁ……重力のある場所に戻って来たらもとの木阿弥《もくあみ》ってことね。

ロイスは席を立ち、顔をしかめながら痛む腰をトントンと叩き始めた……。

1

最近はめったに動かない〝簪山《かんざしやま》〟のエレベーターが、一基だけ動き始めている。中央シャフト付近から降りてきたそれは徐々に速度を落とし、一G階層で音もなく停止した。

身体に心地よい重みが戻ったのを確認して、連邦弁務官事務所付武官の正装に身を包んだ将校が、開いたドアから踏み出した。

だが、目の前に広がるのはがらんとした道路——実際には通路——だ。

「相変わらず人がいねぇなぁ」

「一般市民はまだ冬眠中だからな。仕方ないさ」

やれやれといった様子で呟《つぶや》いたのは、ロケ松こと熊倉松五郎《くまくらまつごろう》連邦宇宙軍機関大尉。

宥《なだ》めるように声をかけたのは連邦弁務官の正装を身にまとったムックホッファもと准将

だ。二人とも着るものが今ひとつ身体に合っていないのは、どちらも半分借り着のようなものだからだ。

二人がなぜ丈の合わない正装に身を包み、無人の街を歩く羽目になったのか、話は少し遡《さかのぼ》る。

——蒼雪《あおのゆき》の衛星軌道上を遊弋《ゆうよく》中の予備戦隊旗艦《トーマス・スタビンズ》のＣＩＣ《中央戦闘指揮所》に、第一〇八任務部隊旗艦《プロテウス》から緊急高次空間通信《HDSN》が入ったのは一〇日前のことだった。

発：連邦宇宙軍統合参謀本部（第一〇八任務部隊旗艦《プロテウス》より転送）
宛：蒼橋派遣平和維持艦隊司令部
本文：以下の通り告知及び命令する。
一　連邦宇宙軍蒼橋派遣平和維持艦隊は任務を達成せしと認む旨《むね》、連邦安全保障委員会より通告あり。貴官らの尽力に感謝す。
二　よって、以後の貴艦隊の上位指揮権は連邦宇宙軍統合参謀本部が掌握す。
三　本日付けをもって艦隊司令長官ムックホッファ准将の任を解き、予備戦隊司令官アーノルド大佐を後任司令長官に任命す。

そして五分後、今度は直接《トーマス・スタビンズ》宛の緊急高次空間通信《HDSN》が届いた。

発：連邦宇宙軍統合参謀本部
宛：蒼橋派遣平和維持艦隊司令部
本文：以下の通り命令する。
一　蒼橋派遣平和維持艦隊司令部は、艦隊の指揮権を掌握後、《プロテウス》を除く全艦艇を率いて〈星湖《ほしのうみ》〉基地に帰環し、蒼橋派遣平和維持艦隊を解散すべし。
二　蒼橋派遣平和維持艦隊司令部は、《プロテウス》所属の通常装備海兵隊一個分隊を用い、現在の蒼橋駐在連邦弁務官事務所の全要員を収監後、《プロテウス》に収容すべし。
三　蒼橋派遣平和維持艦隊司令部は、《プロテウス》を単艦にて〈星　京《ほしのみやこ》〉に帰還せしむるべし。
四　蒼橋派遣平和維持艦隊司令部は、蒼橋駐在連邦弁務官事務所の全要員収監後、ムックホッファ准将を蒼橋駐在連邦弁務官事務所に送致すべし。
五　ムックホッファ准将は、蒼橋駐在連邦弁務官事務所到着時点で蒼橋派遣平和維持艦隊司令部の指揮下を離れ、別命を待つべし。

突然の命令に平和維持艦隊の首脳陣は唖然とするばかりだったが、ムックホッファ前司令長官の適切な配慮もあって指揮権の継承はその日のうちに完了し、撤退計画はスムーズに動き始めた。

CICの正面スクリーンに表示される進捗状況を確認して、アーノルド新司令長官がほっと一息つく。

「思ったより混乱は少なかったたな」

「ええ。さすがに准将のスタッフは優秀です。いつ撤退命令が来てもいいように準備していたようですね。こちらで手なおしする余地はほとんどありませんでした」

参謀長のブレーゼル中佐の返答に、アーノルド新司令長官はニヤリと笑うと皮肉げに訊ねた。

「ほとんど――ということとは、少しはあったのかね？」

「え？」という表情を見せた参謀長が、見る見る内に真っ赤になる。

「そ……それはその……言葉の綾《あや》と言うかその……」

新司令長官は分かっている――という感じで頷いた。

「まぁ、ウチの司令部はもともと通信管制戦隊の司令部でしかないからな。艦隊全体の撤退計画の検証なんぞ、やれと言われたってできるはずがないさ」

「は、はい。おっしゃるとおりです」

意気消沈してしまった参謀長に、新司令長官は静かに告げた。

「とはいえ、今はウチの司令部が平和維持艦隊司令部で、《プロテウス》にある任務部隊司令部はウチの下になる。だが、だからといって彼らの仕事にケチを付けても誰も尊敬はしてくれんぞ」

「……はい、承知しています……」とだけ応えて沈黙した参謀長に、新司令長官が言葉を継ぐ。

「詰まるところ、われわれは艦隊解散までの臨時司令部でしかない。できないことはできる人間に任せて、責任だけは引き受ける。われわれの役目はそれだけだと思ってくれ」

そう言われて、参謀長は何かを思いついた様子で顔を上げた。

「あの……言いそびれていたんですが……そういうことなら、昇進のお祝いは申し上げないほうがよろしいんでしょうか？」

新司令長官の眉が上がる。

「昇進？　お祝いを言うなら准将にするのが筋だと思うがね」

「え？　准将は司令長官を解任されて、単身で〈蒼橋〉に残ったはずでは？」

――なるほど。参謀長はそう考えているわけか……。統参《統合参謀本部》が何ら非のない准将を解任した上に、召還すらしない理由には思い至らないらしいな……。

新司令長官はそう思いつつ、爆弾を投下した。

「たぶん、准将は〈蒼橋〉の新弁務官にさせられるぞ」

参謀長がぽかんとする。

「弁務官……ですか？　しかし准将は現役の将校ですよ。弁務官は文官でないと……」

だが、新司令長官は軽く笑って見せた。

「世の中には出向という手があるからな。今の弁務官は《プロテウス》の海兵隊が拘束して〈星京〉に召還される。早々に新しい弁務官を決める必要があるだろう？」

「し、しかし、なぜ准将なんです？　外交畑では素人ですよ？」

「ただの素人には、紅天本艦隊に対し軽巡航艦二隻で挑む艦隊に、〈蒼橋〉の全面バックアップを取り付けるなんて離れ業は無理さ」

「それはそうでしょうが……」

「これは統参《統合参謀本部》だけの判断ではないな。連邦外交部も絡んでいる。どうやら今の弁務官連中は叩けば埃の出るやつららしい。となれば後任のあてもなしに召還するはずがないだろう？」

　ようやく頭がまわり始めたらしい参謀長も同意する。

「……そういえば、この動乱の勃発以来今日に至るまで、弁務官事務所が積極的に動いたという話は聞こえて来ませんね……」

　連邦弁務官事務所は個々の自治星系に置かれていて、連邦の権益を代表している。本来ならば最初に〈蒼橋〉と〈紅天〉の和平を仲介すべき立場であり、それに成功していれば平和維持艦隊の派遣も必要なかったはずなのだ。

「これから交渉が始まるのに、連邦の利益代表者を欠員にするわけにはいかんだろう」

「だから准将――というわけですか……」

「そういうことだ。正規に後任弁務官を派遣したら来るのは三カ月後だからな」

新司令長官の言うとおりだった。

紅天艦隊は引き上げたが、〈蒼橋〉には動乱の痕跡がまだ色濃く残っている。

まず〈紅天〉の置き土産《天邪鬼》がかなりあり、蒼橋義勇軍による懸命の掃海作業が行なわれている。なにしろ他星系《よそ》から来る宙航船は艦首の装甲鈑がないから〝天邪鬼《アマンジャク》〟を強制排除できない。

その上、蒼橋リンクの端末も積んでいないから、事前に〝天邪鬼《アマンジャク》〟情報を得て回避することも難しい。安全に航行させるためには航路を完全に掃海するしかないのだ。

そしてさらに、長射程ミサイルに直撃された蒼宙港《みなと》の修復がある。宇宙鳶《そらとび》連が、がんばっているが、もとどおりに戻すにはまだかなりかかる。

そして航路と蒼宙港《みなと》の両方が復旧しないかぎり、〈蒼橋〉は外航船を受け入れられない。三カ月というのは評議会が示したぎりぎりの数字だが、そのとおりになると考えるのは楽観視が過ぎるだろう。

新司令長官が少し皮肉げに付け加える。

「まあ、いざとなれば軍艦で無理矢理送りこむという手もあるが、それでもひと月は優にかかるだろうな」

後任の弁務官は〈星湖〉か、それよりさらに連邦の中心に近い星系から派遣するしかないのだ。運航経費を度外視していっきに跳躍したとしても、そのくらいの時間は必要だろう。

参謀長は少し考え、自分を納得させるように言葉を継ぐ。

「たしかに准将クラスなら軍政に備えて行政官としての教育も受けているし、〈蒼橋〉の実情にも詳しい……外交部は巧緻より拙速を選んだんですね？」

「そういうことだろうな。外交に空白は許されない――というやつだろう」

「……だとすれば納得するよりありませんが……准将にとっては貧乏くじですね」

参謀長の言葉に、新司令長官は皮肉げに微笑む。

「貧乏くじ……か。いや意外と当たりくじかも知れんぞ」

そう反論されて参謀長は眉を上げた。

「そうでしょうか？　いったん連邦宇宙軍から離れて横道に逸れるのは、准将の将来にはマイナス以外のなにものでもないかと……」

ムックホッファ准将は四〇代になったばかりの働き盛りだ。この任務が終わればもとの大佐に戻されるか、それとも正規の少将に任官して連邦宇宙軍の中枢を担うかの岐路が待っている。

だが、大佐の中で准将に選任されるのは何十人かに一人、そして准将から正規の少将に任官するのはさらに百人に一人と言われる狭き門だ。優秀と言われる将校の大部分が大佐どまりで定年を迎えることを考えれば、たしかに横道はないに越したことはない。

だが、新司令長官は薄く微笑んだ。

「いや、准将は違うんだよ。われわれの出番はこれで終わりだが、准将は次の幕にも出番があるということさ。しかも今度は連邦じゅうが注目する文字どおりの檜舞台《ひのき》だ。失敗したら切腹どころでは済まないが、成果を上げれば話は別だ。准将が少将になって戻って来てもわたしは驚かないね」

「そういうものですか……」

――参謀長には、連邦宇宙軍の外で功績を上げるということの意味が良く分からないのかも知れんな……。

新司令長官は軽く首を振ると口調を変えた。

「とりあえず准将については後続の命令次第だが、大きく外れてはいないと思う。だからわれわれはわれわれのできることをするしかない」

ＣＩＣのスタッフが聞き耳を立てていることを意識した新司令長官の発言だ。

それを見て取った参謀長も声を張る。

「はい。平和維持活動は、基地に帰るまでが活動ですからね」

大昔から使い古されたジョークにＣＩＣが沈黙し、次の瞬間少し疲れた笑いで包まれた。

そして、事態はアーノルド新司令長官の予想どおりに進む。

まず、ムックホッファ准将の特命を受けて〈蒼橋〉に潜入していたロケ松に、准将と行動を共にするよう命令が下った。

だが、全要員が召還されて空き家になった弁務官事務所で久しぶりに顔を合わせた二人がゆっくり話す暇はなかった。

ロケ松には、統参《統合参謀本部》人事部からの〝東銀河連邦蒼橋駐在弁務官事務所付武官として赴任すべし〟――という辞令が。

准将には統参《統合参謀本部》人事部からの〝連邦外交部へ出向すべし〟――という辞令が。そして連邦外交部からは〝希望どおり弁務官として採用す。〈蒼橋〉に赴任せよ〟――という辞令が届いたのだ。

無論、准将は希望など出してはいないが、今はおまえたち以外に適任者はいない――と言われれば、受けるよりないのが宮仕えというものだ。

それに何より、本来ならすでにお役御免だったはずの〈蒼橋〉に留まれるという事実が准将の背を押した。

——そう、准将はまだ借りを返していない……。

2

長すぎる袖を持て余しつつ、ロケ松が愚痴《ぐち》る。

「人がいないのは分かってますがね、これじゃあスタッフの現地採用もできねぇ。二人だけじゃ事務所は動きませんぜ」

認証式はいま済ませたばかりだが、いくら正式に事務所が発足しても二人だけでは仕事ができないのは道理だ。

だがムックホッファの返答は今ひとつ浮かない。

「主席には頼んであるが……今日の様子ではどうやら望み薄だな」

認証式は式次第にのっとって型どおりに始まって終わり、式後の懇親会も当たり障りのない話題に終始した。新弁務官をどう扱うべきか、評議会の方針が決まっていないのはたしかなようだ。

「ですかい？　前任者も碌《ろく》なことをしねぇな」

「まぁ、もういない人間のことをとやかく言っても始まらないさ。まずは外交部に認証式完了の報告を入れて、後はそれからだ」

「外交部ねぇ……上が統参《統合参謀本部》じゃねぇってのはいまだに慣れねぇな」

「それはわたしも同感だが、こればかりは慣れるしかないだろうな。もう命令に頼れないというのは心許ないが……」

「たしかに。でもまぁ、これまでも〈蒼橋《あおのはし》〉相手に命令はできなかったんだから、似たようなもんと言やぁ似たようなもんでしょうや」

「そうだな。今のところ命令できるのは大尉だけだしな」

「言っときますが、おれ一人で艦隊の真似ごとはできませんぜ」

だが、ロケ松の軽口にムックホッファは軽く微笑んだだけで応えず、弁務官事務所のある区画に向けて歩き出した。ロケ松も素直に後を追う……。

と、角を曲がったムックホッファ弁務官が突然足を止めた。

「事務所の前に誰かいるな……」

え？　と、ロケ松が視線を向けると、扉に背を預けている小柄なツナギ姿がこちらに気づいたところだった。

次の瞬間、新任武官の目がまん丸になる。

「お、おめぇは、沙良《さら》じゃねぇか。こんなところで何してやがるんだよ」

二人を認めたらしい更紗屋沙良《さらさやさら》が、満面の笑みで駆け寄ってくる。

「あィ、お久しぶりだネ。元気してタ？」

相変わらずの沙良の口調を耳にして、ロケ松の表情もほころぶ。

「元気さ。だが今のおれはただの大尉じゃねぇぞ」

そう指摘されて、沙良はにっこり笑う。

「知ってるョ。弁務官事務所の武官になったんでしョ……でモ、武官って何？　大尉より偉いノ？」

沙良の言い草に、ロケ松は苦笑いする。

「階級は変わらねぇさ、仕事が違うだけよ」

「ふぅン。じゃあスパイはお払い箱になったわけカ、まぁ向いてなかったシ、仕方ないネ」

そのとたん、隣でぷっと吹き出す声がした。

見ればムックホッファが口元を押さえている。

「いけねぇ、忘れてた。おい、沙良、ちょっと口を閉じろ。准将の前だ」

そう言われて沙良はきょとんとした後、突然はっと気づいて弁務官に向きなおり、いきなり最敬礼した。

「ご、ごめんなさイ。ムックホッファ弁務官でいらっしゃいますネ。着任おめでとうございまス。気がつくのが遅れて……じゃなイ遅れてしまっテ申しわけありませんでしたタ。更紗屋沙良といいまス。これからよろしくお願いしまス」

弁務官は少しあっけに取られた様子だったが、沙良の挨拶が済むのを待っておもむろに口を開いた。

「うむ。今日正式に着任した弁務官のムックホッファだ。きみは更紗屋さんだね。熊倉《くまくら》武官からいろいろ聞いていたが、まさかこんなに可愛いお嬢さんだとは思わなかった。〝蒲《ぶ》萄山《どうやま》〟では大活躍だったらしいね？」

とたんに沙良の頰にぱっと紅が散る。

「そ、そんナ。恥ずかしいでス。あれはたまたま……きゃっ！」

と、いきなりもじもじし始めた沙良のおでこを、ロケ松が軽く小突いた。

「痛いヨ、何すんだヨ」

しおらしい口調が一転し、沙良の口が尖る。

それを見てロケ松はクスリと笑った。

「気にするな、昔馴染みの挨拶みてぇなもんだ。それより聞きてぇことがある。いま准将に〝これからよろしくお願いします〟とか言ったな？　どういう意味だ？　それにおめぇは冬眠中のはずだろう？　何でこんなところをウロウロしてやがるんだよ」

「ウロウロなんてしてないヨ、認証式を済ませた大尉さんト、ムックホッファさんが帰って来るのヲ待ってたんだヨ」

「いや、それは分かってる……じゃない、なんで今日認証式があったことを知ってるんだよ？」

ロケ松に矢継ぎ早に聞かれて、沙良は小首をかしげた。

「え？　御隠居さんから聞いてないノ？」

「御隠居？　滝乃屋《たきのや》司令長官のことかね？」

口を挟んだのはムックホッファ弁務官だ。二人のやりとりを聞くうちに我慢しきれなくなったらしい。

「そうだヨ。〝葡萄山《ぶどうやま》〟――じゃなィ、今は〝一粒山《ひとつぶやま》〟だッタ――で冬眠から覚めたら御隠居がいテ、大尉さんのところで手が足りないようだから、手伝いに行けって言われたんだヨ」

ロケ松は首をかしげた。

「准将、聞いてますか？」

「いや、滝乃屋司令長官には認証式の後に会ったが、何も言ってなかったな」

大人二人が顔を見合わせていると、沙良は急に何かを思い出した様子で弁務官事務所の扉の前に駆け戻った。置かれていたお洒落半分可愛さ半分という感じの小型のスーツケースから何かを取り出し、戻って来る。

「忘れてタ。コレ、御隠居さんからラ、ムックホッファさんに会ったラ、最初に渡せって言われてたんダ」

そう言って差し出されたのは一通の封筒だった。

表書きはムックホッファ弁務官宛、裏を返すと滝乃屋司令長官の署名がある。

どちらも毛筆、それもかなりの達筆だ。

「これはまた古風だな。開けていいのかね？」

「宛名の人が決めてヨ。あたいハ、預かって来ただけだシ」

「おい沙良、口調が戻ってるぞ」

ロケ松に言われて、沙良が真っ赤になる。

「い、いいじゃないかヨ。あれはいろいろ疲れるんだヨ」

「なんだ、結局付け焼刃かよ。まぁおまえさんにはそっちのほうが似合ってるぜ」

「いーっダ！」

と、沙良は思いっ切り口を歪めたが、そのとたん、手紙を読み終えて顔を上げたムックホッファ弁務官と目が合ってしまった。

沙良の顔はもう、真っ赤を通り越して何とも言えない色になっている。

「あ、あノ……これハ……そノ……」

何やらもごもご呟きながらロケ松の背後に隠れてしまった沙良に笑いかけ、ムックホッファ弁務官はロケ松に手紙を渡した。

「いいんですかい？」

「ああ。大尉にも見せるよう追記がある」

「なるほど……では失礼して……」

と、読み始めたロケ松だったが、読み終えた時は文字どおり唖然としていた。

その表情のまま新任武官は身をよじり、背中に張り付いていた沙良を見下ろすとゆっくり告げた。

「おい、沙良。この手紙によると、どうやらおめぇは〈蒼橋〉のスパイらしいぞ」

「へ？」

この日、ロケ松は生まれて初めて正面から豆鉄砲を食らう鳩を見た。

「どうします？ 本当にこいつを雇うんですかい？」

場所は変わって弁務官事務所の応接室。いったん姿を消したロケ松が盆を手にしているのに気づいて、沙良は慌てて立ち上がった。

だがロケ松はそれを軽く手で制し、テーブルに置いた盆から自分の分を取るとムックホッファの隣に腰を下ろす。

「雇うと決まるまではおまえさんは客だからな。黙ってカップを取りな」

「でモ……」

立ち上がったものの、やることがなくなった沙良が中腰で何やらもごもご言っていたが、結局素直にカップを取ると腰を下ろした。

だが、ロケ松はそれをわざと無視する体《てい》で、ムックホッファ弁務官との話を続ける。

何しろ、御隠居が沙良に託した手紙には、弁務官就任のお祝いの言葉と共に――連邦の情報が欲しいから沙良を送りこむ。好きに使ってかまわない――とあったのだ。

弁務官事務所の現地採用スタッフにその星系の息がかかっていることは、外交の常識以前の問題だ。弁務官には彼らを〝そういうもの〟と承知した上で、上手く使いこなす度量が求められる。

だというのに、ここまであからさまに言われてしまえば逆に対応に困るのも事実だったが、ムックホッファは頓着する気振りも見せなかった。

「なに、正体を隠して送りこまれるよりは、よほどありがたいさ。話せないことは話さなければ済む話だ」

「そりゃあ准将はそうおっしゃいますが、事務所のセキュリティ確保は武官であるおれの仕事だ。准将に迷惑がかからねぇかと心配でね」

ロケ松の言葉に沙良が口を尖らす。

「迷惑なんてかけないヨ。そんなにあたいが信用できないノ？」

「いや、おめぇが信用できることはおれも良く知ってる。ただ、信頼できるかと聞かれれば、迷うところだぜ」

「どうしてョ」

「おめぇ、御隠居のコンソールに盗聴器仕掛けただろう？」

とたんに沙良が真っ赤になる。

「あ、あれハ……そノ……昇介《しょうすけ》のことを知りたかっただけでデ……いつもやってるわけじゃないョ、信じてョ」

沙良はもうしどろもどろだ。その様子を見きわめて、ロケ松が確認する。

「そりゃあ、あんなことをしょっちゅうやられたらたまらねぇや。二度としないと誓えるか？」

沙良はもう必死だ。

「誓ウ、誓うョ、もう二度としないから、許してョ」

土下座までしそうな勢いに少し引いたロケ松だったが、ムックホッファが軽く頷《うなず》くのを確認し、口調を変えた。

「よし、じゃあこれを受け取れ」

そう言って取り出したのは腕輪型の生体認証タグ——弁務官事務所のＩＤキーだ。

「いいノ？」

「准将がいいとおっしゃってるんだ。いいも悪いもねぇさ」

　ロケ松にそう告げられて沙良は一瞬ぽかんとし、慌てて姿勢を正すとムックホッファに向けて最敬礼した。

「本当ニありがとうございまス。一生懸命がんばりますのデ、よろしくご指導ご鞭撻《べんたつ》のほどお願い致しまス」

「いや、礼を言うのはこちらのほうだ。熊倉大尉と二人きりでどうしようかと思っていたが、これでひと安心だ。よろしく頼むよ」

「はイ。こちらこソよろしくお願い致しまス」

「何だ、付け焼刃かと思ったら、ちゃんと挨拶できるんじゃねぇか。来客があったらその調子で頼むぜ」

　もちろん、ロケ松の軽口は定番の「いーっダ」で返されたが、それでめげる大尉ではない。

「よし、じゃあ仕事を決めるぞ。内容は来客の受付と通信の授受が主だ。ただ、セキュリティコードが付いてる通信には触るんじゃねぇぞ。それから、いま渡したＩＤキーがあれば事務所には入れるが、資格が足りない部屋には入れねぇ。ま、逆に言えば、そのキーで開く部屋ならどこに入ってもいいってことだ。

　それと奥のプライベートエリアに部屋をひとつ用意してある。通いってわけにはいかねぇからな。部屋で何か足りないものがあったら言ってくれ。ええと……准将、ほかに何かありますかね？」

話を振られたムックホッファは少し考え、沙良に向きなおった。

「仕事の内容はいま熊倉大尉が言ったとおりだが、それとは別に家事的なこともお願いできるかな？」

目をぱちくりさせた沙良が不審げに訊ねる。

「家事ッテ、炊事・洗濯・掃除とかですカ？」

「ああ。本来なら専門のスタッフを雇うべきところだが、市民が冬眠から覚めるまではそれもままならない。できる範囲で構わないんだが……」

「ええト。それなら和尚さんの所でやってましたかラ、大丈夫でス。任せてくださぃ」

その答えを聞いてロケ松が破顔する。

「そいつはありがてぇ。さっそく頼めるかい？」

「え？　もうご飯ニするノ？」

「違う違う。こいつさ」

とロケ松の伸ばした腕の先が袖に半分隠れている。

「認証式は正装で来いと言われたんで倉庫から引っ張り出したんだが、サイズが合わねぇんだ。ちょちょっとなおしてもらえねぇかね」

「うーン、大尉さんは手足が余っテお腹まわりが足りなイ。ムックホッファさんハ反対に手足が足りなくテお腹まわりがダブついてるんだネ。取り替えたらちょうどいい感じだけド、そういうわけにはいかないよネ？」

「あたりめぇだ。おれが弁務官になってどうすんだよ」

「そうだネ、とりあえずあたいの給料を上げてくれルってのはどウ？」

「抜かせ」

そこまで聞いてとうとうムックホッファも吹き出した。御隠居の策は的を射ていたのかも知れない。

こうして、わずか三人ながら新弁務官事務所は動き出した。

3

一方その頃、蒼橋《あおのはし》評議会の主席執務室でムスタファ・カマル主席と、御隠居こと滝乃屋《たきのや》仁左衛門《にざえもん》・蒼橋義勇軍司令長官は全権代表人事の最後の詰めを行なっていた。

「やはり主席の腹もあの人ですかい？」

「ほかにいないだろう。表に出てもらうのは少しもったいない気もするが、今は情勢が情勢だからな」

〈紅天《こうてん》〉と連邦という海千山千の相手をする〈蒼橋〉の全権代表は、並の人間には務まらないが、肝心の人選に関しては意外なほどあっさりと決まった。二人とも同じ人物を予想していたからだ。

「ええ。〈紅天〉はともかく、連邦の相手がムックホッファ弁務官となりゃあ、搦手《からめて》から支援もできねぇ。あの人がどれだけ上手く誑《たぶら》かしてくれるかに期待するしかねぇでしょう」

御隠居の口調に含むところがあるのにはわけがある。

実を言えば、ムックホッファの前任の連邦弁務官はきわめて有能だった。

その証拠に、連邦の利益代表でありながら、同時に〈紅天〉の利益代表でもあり、また〈蒼橋〉の代弁者も務めるという一人三役をこなしていたのだ。

その結果、三者間の意思疎通はほとんどなされず、本来連邦が行なうべきだった〈紅天〉と〈蒼橋〉の調停は始まる前に頓挫《とんざ》してしまったが、それは彼の責任ではない。責任は相矛盾する要求を出し続けた三者にある——という弁明はもちろん通用しなかった。

そして、〈紅天〉が予想外の敗北を喫するに至り、すべてはひっくり返った。

〈紅天〉が勝った場合を見越して——その場合〈紅天〉と太いパイプがある弁務官は大いに役に立つ——彼の小遣い稼ぎをあえて見逃してきた連邦だったが、状況が変わったとたん、あっさり掌《てのひら》を返したわけだ。

海兵隊に拘束された彼は《プロテウス》の乗客となり、〈星京《ほしのみやこ》〉に向かっている。

そして実は、重要なことがもうひとつあった。彼を懐柔していたのは〈蒼橋〉も同じだったのだ。密かに〈紅天〉との開戦を準備していた首脳陣は、彼から連邦や〈紅天〉に向けて情報が流れないよう〈紅天〉に負けない工作を行なっていたのだ。

主席がしみじみと述懐する。

「前任者は参謀長が骨抜きにしてくれたからな。だが、ムックホッファ弁務官には正攻法しか通じない。そのことは充分に承知しているつもりだ」

「ですな。ただ、やり難《にく》いと思えばこれほどやり難い相手もねぇが、やり易《やす》いと思えばこれほどやり易い相手もねぇですぜ」

そう返されて主席は首をかしげた。

「やり易い？　どういう意味だね？」

御隠居の答えは明快だった。

「何、あの御仁は難物だが、堅物《かたぶつ》じゃねぇってことです。こっちの思いどおりに動かすのは無理だが、こっちが向こうに合わせればきちんと答えを出してくれる人ですぜ」

「確かにいろいろ助けてもらったが……つまり彼は〈蒼橋〉の味方だと考えていいということかね？　少し甘いように思うが……」

そう訊ねられて、御隠居は思わず手を振った。

「とんでもねぇ。あの御仁が〈蒼橋〉に味方したことは一度もねぇですぜ」

「え？　しかし実際に……」

「あれはかかる火の粉を払っただけですぜ。連邦憲章に、〝連邦は自治星系の独立と安全を保障する〟――てぇ項目があるから、連邦宇宙軍人である准将はそのとおりにした――それだけのことですぜ」

そう事もなく告げられて主席は少し鼻白《はなじろ》む。

「連邦宇宙軍人としての義務を果たしただけだと言うのかね？」

主席の言葉に、御隠居は深く頷く。

「そのとおり、ただの義務だ。だが、そのただの義務を果たすためにどれだけの覚悟が必要だったのか――キッチナーさんとあの御仁が身をもって証明してくれませんでしたかい？」

主席は一瞬絶句した。

「……そうか……あれが義務か…………。あたりまえ過ぎる言葉だが…………重いな」

「そのとおりで。ただ、そのあたりまえを〈紅天〉は守れなかった。やむにやまれぬ事情ってのがあったとしても、連邦には通用しなかった……。

……ということは〈蒼橋〉にこれからやむにやまれぬ事情が生じたとしても、連邦憲章は破れねぇ、破ったら連邦に叩き潰されるってことです」

「……そうか……議論の余地はないというわけか……」

「ええ。〈合金《アロイ》〉交渉で下手に連邦憲章に反するような主張をすれば、必ずしっぺ返しを食らう。これを忘れたら大変なことになりますぜ」

「大変なこと……か」

御隠居の指摘に主席が嘆息する。

「ええ、相手は連邦だ。力では蟻と象どころか、ゾウリムシと太陽くらいの差がある。その気になりゃあ、〈蒼橋〉を簡単に〝連邦直轄星系〟に指定することだってできるんですぜ」

そう指摘されて主席は渋面を作った。一番痛いところを突かれたからだ。

〝連邦直轄星系〟というのは本来、災害や戦乱等で自治が困難になった星系を連邦議会直轄で迅速に復旧させるための制度だ。当然ながらその代償として星系政府の自治権は凍結される。

そしてこれは、〈蒼橋〉を〈合金《アロイ》〉交渉における最大の障害とみなす一部の有力星系にとって実に魅力的な提案だった。〈蒼橋〉が直轄星系になれば蒼橋評議会の発言力は消滅し、〈合金《アロイ》〉利権は有力星系の切り取り勝手次第にできるからだ。

主席の口調が急に弱くなる。

「……いや……これまでの事例からすれば〈蒼橋〉は対象にはならないはずだ……」

「はずだ——じゃ困りますぜ。理屈と膏薬《こうやく》はどこにでも付くってやつだ。連邦全体の経済混乱を未然に防ぐための緊急措置として——とか言われたら、〈蒼橋〉に味方してくれる星系《ほし》はねぇでしょう」

そうたたみかけられて、主席は憮然とした。

「たしかにそうなったら、対〈紅天〉戦を密かに支援してくれていた星系《ほし》も掌を返すだろうな。彼らにも彼らの生活がある」

「だからそうならないように今の内に手を打つしかねぇってことです。有力星系に口実を与えるわけにはいかねぇでしょう?」

「それは分かるが……具体的にはどうしろというのかね? 連邦の要求を全部呑めというのかね?」

そう問われて、御隠居はニヤリと笑った。

「そこで弁務官ですぜ」

「どういう意味だ?」

「あの御仁は、こっちが向こうに合わせればきちんと答えを出してくれる——と言ったはずですぜ。〈蒼橋〉がどうとか、連邦がこうとかじゃなくて、もうひとつ上の、〈蒼橋〉の利益=連邦の利益になるような提案ができれば、無碍《むげ》には扱わねぇはずだ」

「……なるほど、要するに、皆で幸せになろうよ――と提案するわけかね？」

「おっしゃるとおりで。金持ち喧嘩せずってやつです」

「おいおい、〈蒼橋〉はまだ金持ちにはなってないぞ」

「いや、喧嘩しねぇから金持ちになれるんですぜ」

そう澄ました顔で言われて、主席は思わず破顔した。

――とはいえ、〈蒼橋〉を預かる立場である以上、些細な疑問でも残すわけにはいかない……。

顔を上げた主席は御隠居の顔を正面から見なおし、静かに問う。

「ひとつ確認しておきたい。連邦憲章と連邦の意志が同じとはかぎらないだろう。もし両者が乖離《かいり》するようなことがあったら、彼はどうすると思うかね？」

御隠居も静かに返す。

「〈蒼橋〉が連邦憲章を遵守《じゅんしゅ》するかぎり、ムックホッファ弁務官が〈蒼橋〉を見捨てることはねぇ。これだけは確かだ。軽巡航艦二隻で紅天本艦隊を相手にした時と何も変わらねぇでしょうや」

主席は一瞬虚を突かれ、やがて笑った。

「そうか。すでに結論は出ていたか。ならばわれわれも覚悟を決めるしかないな」

そう呟くと、主席は御隠居に向きなおった。

「全権代表に、その辺のところを念押ししておこうか？」

そう水を向けられて、御隠居は破顔した。

「滅相《めっそう》もねぇ。あの人なら、その辺はとうにご存知ですぜ」


一方、動き出した弁務官事務所への通信は引きも切らず、通信オペレータ役をおおせつかった沙良《さら》は、外部との交渉を一手に取り仕切る羽目になったロケ松の指示に従って、文字どおりてんてこ舞いしていた。

さすがに連邦外交部からの高次空間通信《HDSN》までは任せてもらえないが、ロケ松の指示のもと〈蒼橋〉の各所に連絡を取るのは沙良の役目だし、〈蒼橋〉のほうから聞かれることも多いからだ。

その一方でムックホッファ弁務官は自分の公室からめったに出て来ない。初めての仕事だし、いろいろ知らなければならないことも多いのだろう――とロケ松は思っている。

そしてその日も、沙良が通信文を転送して来た。

「大尉さン、優先渡航希望の通信が来てるんだけド、どうすル？」

ひと目見たロケ松は思わず嘆息した。

「優先も何も、許可を出すのは蒼橋評議会だぜ。弁務官事務所《おれたち》にそんな権限はねぇぞ」

〈合金《アロイ》〉交渉の開始前に抜け駆けをはかろうとする連中は日に日に増えている。幸い、渡航制限のおかげで彼らが実際に〈蒼橋〉に殺到しているわけではないが、制限解除後を考えると頭が痛いところだ。

「ええとネ、その辺は重々承知の上でご配慮いただけたら——とか何とかいろいろ書いてあるヨ。きっと駄目元ってやつだネ」

「駄目元承知で交渉か……まったく〝すまじきものは宮仕え〟というが、連中もいろいろ大変だな」

だが、苦労人らしいロケ松の述懐は、沙良にはピンと来なかったようだ。

「そういうものなノ？　で、どうすル？　返事はなしでいイ？」

「いや、そういうわけにもいかねぇ。向こうにも面子《メンツ》ってやつがあるし、無視するといろいろ角が立つからな。制限が解除されたら改めて検討すると送っといてくれ」

「あイ。でモ、制限解除はちょっと遅れるかモ、だヨ」

その沙良の返答をロケ松が聞きとがめる。

「遅れる？　おい、評議会からはそんな報告はなかったぞ？　どこから聞いた？」

蒼橋評議会から復旧の状況は毎日報告されている。予定に変更があれば知らせて来ないはずがない。

沙良は一瞬しまった、という顔をしたが、もともと隠しておくつもりはなかったのだろう。素直に白状する。

「ええとネ、蒼宙港《みなと》のほうは知らないけド、掃海は遅れるんじゃないかっテ、梅《うめ》さんが言ってたんだヨ」

「梅さん？　誰だそりゃ？」

「誰っテ、〝一粒山《ひとつぶやま》〟の乾葡萄《ほしぶどう》サンだけド？」

「乾葡……ああ、ＣＩＣのオペレータか。なるほど。古巣に聞きたい何かがあったってぇわけだな？」

「う、うるさいヨ。何もないヨ！」

とたんに沙良が顔を真っ赤にして怒鳴るが、ロケ松はニヤリと笑うとそれを手で抑えた。

「分かった分かった。何もねぇなら聞かねぇよ。で、その梅さんとやらは何と言ってたんだ？」

沙良はもじもじしていたが、少しして口を開いた。

「あの……少しくらいなら聞いてくれてもいいんだけド……交代なのに新しい艇《フネ》が来ない場所が増えてるんだっテ。昇介《しょうすけ》も次の番だったのニ……」

「来ねぇのか？」

訊ねるロケ松に沙良が頷く。

「新しい任務があるからっテ、それだけなんダ」

「……妙な話だな……掃海には目一杯艇《フネ》を動員してるから、少しでも減らしたら計画がだだ遅れになるはずなんだが……」

と、ロケ松が眉をひそめた時、来客を告げる初めてのチャイムが事務所に響いた。

受付は初仕事だ！　と、飛び出していった沙良が、神妙な顔で戻って来る。

「〈蒼橋〉ノ全権代表がいらっしゃいましタ」

「全権代表？　やっと決まったのか……准将、どうします？」

ロケ松が上げたカフに応じて、コンソールのスピーカーからムックホッファ弁務官の声が返る。

「全権代表が？　分かった、公室《ここ》で会う。大尉は案内を頼む。更紗屋《さらさや》さんは改めて呼ぶまで待機だ。緊急以外の通信は取り次がなくていい」

「分かりました」

「あイ、お茶の準備をしとくネ」

なぜか笑いを押し殺しているような様子で給湯室に消えた沙良に代わり、受付に向かったロケ松は待っていた人物を見て唖然とし、そして納得した。

背広を着て澄ましていたのは細石寺《さいせきじ》の住職だったからだ。

気を取りなおしたロケ松が呟く。

「〈蒼橋〉の全権代表と言うから誰かと思ったら、ご住職ですかい……」

「熊倉《くまくら》大尉さん、お久しぶりですな。〈蒼橋〉の全権代表をおおせつかった正覚坊珍念《しょうかくぼうちんねん》と申します」

　そう一礼されて、ロケ松は慌てて手を差し出した。

「こりゃあご丁寧にどうも……っていうか、ご住職はそんなお名前だったんですかい？」

　握手しながら住職が答える。

「おお、そういえば名乗ってませんでしたな。ま、呼び名はともかく、中身は前と同じ生臭坊主のままですよ」

「そりゃあ、そのままじゃ煮ても焼いても食えねぇって、自分で白状してるようなもんですぜ。それはともかく、こちらにどうぞ。弁務官公室にご案内します」

　と、住職を先導しながらロケ松は考えをめぐらす。

　──なるほど。住職なら他星系《よそ》とのパイプもある。交渉相手としては手強いかも知れねぇな……。

　一方、公室で出迎えたムックホッファ弁務官も、住職への認識を新たにしていた。

　──熊倉大尉に聞いた話では蒼橋義勇軍でもかなりの重責にある人物という印象だったが、正式に全権代表に任命されたか……。どうやらカマル主席は本気のようだ……。

　──という思惑はおくびにも出さず、弁務官は住職にソファを薦めると、さっそく本題に入った。

「さて、今日は表敬訪問と考えてよろしいですか？」

弁務官の言葉に、住職は軽く微笑んだ。

「とりあえず着任の挨拶と、交渉の下準備ということになっていますな」

「なっています……とは意味深ですね」

「ま、その辺は追々《おいおい》……、あ、よろしければ大尉さんもご一緒に聞いていただけますかな？」

と、部屋を出ようとしたところを呼び止められたロケ松は、弁務官が頷くのを確認してソファに腰を下ろした。

「さて、おれが聞いて分かる話かどうか……」

「いや、大尉さんに分からなければ〈蒼橋〉に分かる人間はいないでしょうな」

住職はそこでいったん言葉を切り、連邦の二人を見やると話を切り出した。

「実は、撤退したはずの紅天本艦隊から迷子が出たようでしてな」

住職の言葉にロケ松はぽかんとした。

4

「行方が分からないのは、四万トン級の大型艦が一隻。そして三〇〇〇トンから四〇〇〇トン程度の小型艦六隻です。具体的な艦種や艦名は現在〈紅天《こうてん》〉に確認中ですが、まだ返答はありません。

そして問題なのは停戦受諾後、紅天本艦隊が跳躍点から退去するまで三週間以上の時間があったことです。どの時点で残留部隊が分離したかが不明な以上、現在位置を把握するのはほぼ不可能です」

住職が弁務官事務所を訪問する少し前。〝一粒山《ひとつぶやま》〟のCICに緊急招集された蒼橋《あおのはし》義勇軍幹部連の表情が、親爺参謀長の報告を受けて一様《いちよう》に曇る。

跳躍ステーションは、跳躍点を出入する航宙艦をすべて自動で記録しているが、紅天本艦隊のように多数の艦が一度に出入りした場合、それを精査して個別の艦の動向を確認するにはそれなりの時間が必要だったのだ。

御隠居が代表して口を開く。

「まぁ、それは仕方ねぇだろう。ステーションは、紅天本艦隊の退去寸前まで占領されていたんだし、航法レーダーの探査範囲に入る前のことまでは分かるはずがねぇからな」

親爺参謀長が苦い表情で頷く。

「そのとおりです。そして、〝ブリッジ〟と跳躍点を結ぶ標準軌道上に設置されている無人レーダーにも不審な物体は探知されていませんし、紅天本艦隊に続いて退去した連邦宇宙軍からもそういう情報は届いていません」

御隠居も渋い顔になる。

「で、〝ブリッジ〟周辺を精査している蒼橋航路局のドップラーレーダーにも異常はねぇし、掃海中の艇《フネ》からも報告はねぇ――というわけだな？」

「はい。そのとおりです」

「なるほど」と頷くと、御隠居は自分のコンソールを操作した。

「標準軌道から外れて接近中でもドップラーレーダーからは逃げられねぇから、今は考えなくてもいい――となれば、やつらがいるのはここしかねぇな」

一同が啞然とする中、ＣＩＣの正面スクリーンが拡大された。


「Ｍ区《Middle》ですかい？」

住職に告げられて、ロケ松が声をあげる。

「たしかにあそこに潜まれたら発見は難しいだろうが……それでも四万トンもある艦でしょう？　探知はできなかったんですかい？」

「重量四万トン程度なら、岩塊《ヤマ》としては微小サイズですからな。軌道解析でＭ区に落ちると分かった時点でレーダーの追跡対象から外れますな」

住職に軽く返されてロケ松はうなる。

「うーん、そう言われればそうか。勝手に落ちる分まで追跡する必要はねぇな」

H《High》区に飛来する〝天邪鬼《アマンジャク》〟は岩塊《ヤマ》が一番濃密なM区に誘導されるし、L《Low》区に来た分は砕いて惑星蒼橋の大気圏に落とされる。

だが、直接M区に来る分は手付かずということだ。その中に〝天邪鬼《アマンジャク》〟を装った紅天艦が紛れこんでいても、たしかに区別はできない……。

「そうか、掃海中の艇《フネ》が減ったのは、こいつの捜索のためだったのか……」

そう呟くロケ松に、住職が心持ち目を開く。

「これはこれは、もうご存知とはさすがですな」

「いや、褒めるなら沙良《さら》に願いますぜ。で、その捜索網にも何も引っ掛かってねぇんですね？」

「ほう、沙良がね……いえ、捜索網はまだM区の内部まで及んでいませんからな。今のところ報告はないようですな」

ロケ松と顔を見合わせたムックホッファが、改めて口を開く。

「……しかしなぜいまになって？〈紅天〉に和平交渉をご破算にする理由がないでしょう。和平交渉開始の条件に、〈蒼橋〉からの他星系戦力全面排除を強硬に主張したのは〈紅天〉自身ですよ」

「おっしゃるとおりです。いまになって〈紅天〉が動けば和平交渉はご破算、〈合金《アロイ》〉交渉からも締め出される——デメリットしかありませんな」

「でがしょう？　いくら〈紅天〉が無能でも、その辺のことが分からねぇはずはねぇと思うんだが……」

ロケ松の言うことはもっともだった。連邦安全保障委員会の全会一致で勧告された和平を蹴飛ばせば、〈紅天〉に未来はない。

だが、住職はおもむろに話題を移した。

「大尉さん。以前、御隠居と三人で風呂に入った時のことを覚えておいでですかな？」

いったい何を？　と思いつつ、ロケ松は記憶を探る。

「風呂？　ああ。あの時はまさか、御隠居が蒼橋義勇軍の司令長官だとは思いもしなかったが……ちゃんと覚えてますぜ。それが何か？」

「あの時、〈紅天〉が計画していた〝あること〟について話したんですが……覚えておいでかな？」

「〝あること〟……」と、思わず宙を仰いだロケ松だったが、突然顔色を変えた。

「まさか！　〝L〟ですかい？」

同時にムックホッファの顔色も変わる。

「……まさか〈紅天〉は本気で……」

二人の反応に、住職は深刻な表情で頷き、威儀を正した。

「弁務官もご存知なら話は早い、まさにそのとおりです。〈紅天〉の行方不明艦は〝L〟

を破砕するつもりだ——と、蒼橋評議会と義勇軍は判断しました。

これより〈蒼橋〉は全力で行方不明艦の捜索と阻止に当たります。ただ、これをもって〈紅天〉に和平交渉拒否の意図ありと判断してはいません。その旨《むね》ご承知おきください」

そう折り目正しく告げて、住職は一礼した。

それをムックホッファ弁務官が受ける。

「ご丁寧にありがとうございます。委細、承知致しました。何かこちらに手助けできることはありませんか？」

「いえ、これは〈紅天〉と〈蒼橋〉の二星間問題です。連邦に出ていただくのはまだ早い……というか、出ていただく前に決着を付ける所存でいます——というあたりで、肩肘張るのはいったん終わりにしたいのですが、いかがですかな？」

「それはありがたいですな。仕事とはいえ、こういうやり取りはどうも慣れません」

住職が笑みと共にそう返すと、ムックホッファ弁務官も破顔した。

「奇遇ですな。実はわたしも慣れません」

と、二人が声を合わせて笑うのにつられて、蚊帳《かや》の外だったロケ松が口を挟む。

「そいつはありがてぇ。じゃ、詳しく説明してもらえますかい？」

「もちろんです」そう応えると、住職は詳細を話し始めた。

「〈紅天〉の最初の計画では、〝L〟の破砕は〈蒼橋〉を短期間で制圧できなかった時の保険だったろうと思います。〝L〟を破砕すると脅《ブラフ》しを掛けられたら〈蒼橋〉は手を上げるよりありませんからな」

ロケ松が頷く。

「……そりゃあ間違いねぇな。〝L〟が破砕されりゃあ破片は低軌道に遷移《せんい》してL区に降り注ぐ。〝簪山《かんざしやま》〟を始めとした〈蒼橋〉の中枢は全滅だ」

「そのとおりです。ところが、連邦宇宙軍の勇戦で時間稼ぎをされて〈紅天〉の重金属市場が予想より早く崩壊寸前になり、さらに〈合金《アロイ》〉絡みで安全保障委員会から和平勧告まで受けた。紅天本艦隊は脅《ブラフ》しを掛けるタイミングを逸して、撤退に追いこまれたわけです」

「……ということは、艦隊と一緒に撤退しなかった行方不明艦は、もう脅《ブラフ》しじゃなくて本気でやるつもりだ――ということですかい？」

「おっしゃるとおりです。もともと本艦隊内部に停戦交渉受け入れをめぐって確執があったのは間違いありませんが、それが顕在化したということでしょうな」

「……たしか受け入れまで丸一日かかったな。その間に段取りを付けたってことか……」

「いや、残留が本艦隊の意図かどうかは今の時点では分かりませんな。意見が合わない艦が単独行動を取っている可能性もないわけではありませんから」

そう指摘されて、ロケ松は考えこんだ。

「うーん、そうか。跳躍点に入るのをわざと遅らせてバックれても、先に跳躍点に入ったほかの艦には止められねぇからな……いや、それを口実にするって手もあるか……」

「その辺はまだ藪の中です。超空間航行中の本艦隊には連絡が付けられませんからな。ただ、ひとつだけ確実なことがあります。紅天本艦隊は、〈紅天〉が動員可能な戦力のほぼ全部だということです」

あたりまえのことを言われて、ロケ松は少し面食らう。

「そのくらいは承知していますぜ……どういう意味です？」

「つまり、〈紅天〉にはほかに戦力がない。帰還後の紅天本艦隊がその気になれば、〈紅天〉は引っくり返るということです」

「え？」と、ロケ松が声を上げる。だがなぜかムックホッファ弁務官は表情を変えない。

それを見やって住職は言葉を継ぐ。

「紅天本艦隊は某星系に唆《そそのか》されてすでに実行犯になっている以上、本星に戻れば糾弾されるのは間違いない。何か方策はないかと考えていたところに、以前キッチナーさんの艦隊を攻撃するよう唆した某星系から再び誘いの手が伸びた……」

「ええっ？　連中はまだあきらめてなかったんですかい？」

「おそらく」

表情を変えたロケ松に住職は短く答え、さらに言葉を継いだ。

「彼らには〈紅天〉を矢面に立てたとはいえ、キッチナーさんの艦隊を壊滅に追いこんだという負い目があります。このまま〈合金《アロイ》〉交渉が始まってしまえば、他の有力星系から指弾の的になるのは間違いない」

「えっ？　どこの星系《ほし》か分かってるんですかい？」

ロケ松は勢いこんで訊ねたが、住職は不本意そうにいなした。

「いえ、確たる証拠はまだ何も。ただ、どこの星系《ほし》も推測はしていますからな。そのことは彼らも承知です。だから紅天本艦隊にこう提案したのでしょう。

〝L〟が欲しいならこっちは手を出さない。その代わり〈合金《アロイ》〉はこっちでもらう。だから〝L〟を砕いてくれ。後の始末は任せろ――と。

それに対する強硬派の反応はこうです。

ゴリ押しされた停戦勧告を受諾せざるを得なかったのは、言うまでもなく〈合金《アロイ》〉をわれわれに独占させるのは危険だと判断されたからだ。

だが、もしわれわれが〈合金《アロイ》〉は不要と宣言すればどうなるだろう？」

「不要？　要《い》らないってことですかい？」

「左様。もともと全面侵攻決定時にはなかった要素です。彼らにとってはそんな海のものとも山のものともつかぬ話より、これまで握っていた〈蒼橋〉の権益のほうが大事だ。

そんなに〈合金《アロイ》〉が欲しいなら欲しいやつに勝手にさせればいい。そう考えたのではないか――と、われわれは判断したわけです」

それを聞いたロケ松がしみじみと呟く。

「……そのくらいネジが外れてねぇと、使嗾《しそう》しようとする連中の手には乗らねぇか……」

「ええ。彼らは和平交渉そのものをぶち壊したい。そして〝L〟を砕けば〈蒼橋〉は壊滅し、和平交渉そのものが雲散霧消するというわけです。

たぶん、紅天本艦隊が〈紅天〉に戻った時に〝L〟が破砕されていれば、そのまま本星を制圧して新政権を樹立する。〝L〟が無事だったら、破砕工作は残留した部隊の独断と決めつけて知らん顔をする――そういう手はずなのでしょう」

そう聞かされてロケ松はうなった。

「そりゃあ、大胆なんだか姑息なんだか分からねぇ話だな……。しかし、そう簡単にコトは起こせねぇでしょう。〈蒼橋〉が壊滅しても、壊滅させた責任てやつがある。もしやったら連邦宇宙軍の機動戦艦部隊が出てきますぜ」

と、それまで無言でいたムックホッファが静かに口を開いた。

「分かった。ご住職の推察はおそらく間違いないだろう。わたしの予測とも合致している」

「え？　どういうことですかい？」

驚いたロケ松が聞き返すが、ムックホッファは住職に話を振った。

「〈合金《アロイ》〉交渉が連邦主導で行なわれることになるのは既定路線であり、このことは〈蒼橋〉もご存知なはずだ。そうですね？」

住職が頷く。

「はい、そのとおりです。もとより〈蒼橋〉に連邦と対立する意図はありませんからな」

「ええ。〈蒼橋〉がそういう姿勢であることは、すでに連邦外交部にも報告済みです。ところが、一部にそれだけでは不十分だと考えている勢力があるらしい……」

ムックホッファの言葉にロケ松が首を傾げる。

「不十分ってぇのは、〈蒼橋〉の言い分なんか聞く必要はねぇ――ってことですかい？　そりゃあ無茶苦茶な話ですぜ」

「無茶苦茶なのは間違いないが、自分たちの利益を最大限確保しようとすれば、そのくらいのことはやってのけるだろう――というか、それをやるからこそ有力星系としての地位を保っているのだろうな。

だが問題はそこではない。そう言い出している星系《ほし》は、実際にはひとつ二つではないらしい……」

そう聞かされた住職とロケ松が顔を見合わせる。

「それはまた厄介な話ですな。その意見は多数派になりそうですかな？」

「いや、まだそこまでは行っていないようだが、何かきっかけがあれば雪崩を打つ可能性は高い――らしいな」

そう聞いて、住職の表情が変わる。

「やはり……どこかの根まわしが始まっているようですな」

だが、ロケ松にはまだピンと来ないようだ。

「そうは言っても、〈蒼橋〉が壊滅しちまったら、その某星系とやらにも何もできねぇでしょうに……」

そう呟くロケ松に、住職が静かに告げる。

「いや、われわれは彼らの計画はそこから始まると見ています」

「そこから始まる？」

「はい。〈合金《アロイ》〉の鍵になるのはH区の〝団子山《みたらし》〟と〝踏鞴山《たたらやま》〟です。もともと〝L〟を破砕してもH区への影響は少ない以上、この二つの施設さえ無事ならば〈合金《アロイ》〉は確保できる。何しろ原料はこれまで無価値とされてきた岩塊《ヤマ》ですからな。H区が無事なら充分供給可能です。

そしてそれ以上に問題なのは、行政施設や交易施設が集中しているL区が壊滅すれば、〈蒼橋〉は自治能力なしと判断される可能性が高いということです……」

そこまで聞いてロケ松は顔色を変えた。

「自治能力って……まさか……」

愕然とするロケ松に、住職が答えた。

「はい。もしそうなったら、災害救助だけでも自治政府の能力を超えることは間違いないでしょうな。連邦としても連邦直轄星系移行を考慮しないわけにはいかない——違いますか？」

最後はムックホッファへの問いかけだ。弁務官は少し考えた後、静かに告げた。

「……難しい問題だが、そうなれば人道的配慮を最優先することになるでしょう。当然、〈蒼橋〉は主権を凍結されることになる……」

後を続けるのは住職だ。

「後は一気呵成《いっきかせい》ですな。原因の追究はなぜか遅れ、その間に好機到来と有象無象が群がるが、気がつけば分け取りしているのはいくつかの大星系《ほし》だけ——というわけです。もともと〈蒼橋〉と付き合いがない大部分の星系にとって、〈蒼橋〉が自治権を失っても別に困りませんからな。いや、〈合金《アロイ》〉入手の障害が消えたと感謝するかもしれませんぞ」

ロケ松が吐き捨てるように応える。

「どの星系《ほし》も〈蒼橋〉が健在な内は建前で動くが、いったんなくなっちまったら本音むき出しってことですかい？　酷《ひで》ぇ話だ」

住職が静かに応える。

「星間政治というのはそういうものです」

ロケ松の返事は苦い。

「分かってまさぁ。だから酷《ひで》ぇと言ったんだ」


住職から〝L〟破砕の話を聞いたムックホッファは連邦外交部を通して連邦内部でも右寄り――自分たちの利益のためであれば、多少のごり押しは当然、という有力星系との間にパイプを作ろうとした。

「いけすかねえ連中ですな、こいつら」

ロケ松は連邦外交部から届けられた文書を読みながら鼻を鳴らした。これらの文書は、有力星系の息がかかったシンクタンクが公開しているものなので機密性はなく、沙良も資料の管理を手伝わされている。

「言葉は綺麗かもしれねぇが、こいつらが望んでいるのは、〈蒼橋〉が自治能力なしと判断され、連邦直轄星系になることだ」

「とんでもないやつらだョ！　ムックホッファさん、こんな自分勝手な言い分、認めるんじゃないでしょうネ？」

「ふむ。言い分を認めないためには、それなりの理由が必要なんだが、沙良。この文書への反論は思いつくかね？」

「う……この文書、難しすぎるョ。あたいも店番してたから、帳簿の基本は分かるけど、聞いたことない用語や略語でイッパイだから」

「うん、わたしもそうだ。このあたりの分析と対処は末富《すえとみ》大尉を呼んであるから、いずれ彼女に任せたいところではあるが、たぶん、彼女でも難儀するだろう」

「なぜです？ 彼女なら何とかできそうですが」

「結論ありき、だからだ。彼らにとっては、〈蒼橋〉を連邦直轄星系にすることが重要なのであって、その理由はどうでもいい。この文書では、お抱えの御用経済学者の理論を持ち出して合金《アロイ》の生産を〈蒼橋〉に任せることの危険を憂慮しているが、これに反論しても次の理屈が出てくるだけだろうな」

「そいつは屁理屈《へりくつ》ってやつですぜ」

「そのとおりだ。だが、有力星系の力をバックにした屁理屈だ」

「むウ……つまり、打つ手がねぇ、ってことですかい」

「屁理屈に理屈で応戦しようとするなら、そうだな」

「は？」

「熊倉《くまくら》大尉、きみはベテランの下士官が屁理屈をこねる新米少尉をあしらうやり方は知ってるだろう」

「そりゃ知ってます。新米とはいえ少尉が屁理屈をこねるなら、下士官は、理屈で反論はしませんや。受け流してから話を変えて、搦手《からめて》で少尉が邪魔にならないようにしますぜ。でも、そいつは軍隊の中でのやり方だ」

「そうでもないョ。どこでも、地位や金に物を言わせて無理難題を押し通そうとするやつはいるもんだネ。そういうのは、正面から論破しても気を悪くするだけで、時間の無駄だョ」

「沙良の言うとおりだ。長い間、巨大な連邦宇宙軍という組織にいたので、意識してなかったが、蒼橋義勇軍を見ていると、人の組織というのはどこも同じように動くことが分かるな。それは、雲の上の組織である、連邦加盟有力星系の間でもそうだろう」

「じゃあ、こいつら、どうするんです？」

「望むものを与えてやろう」

「へ？」

「彼らは〈蒼橋〉を連邦直轄星系にする大義名分を求めている。ならば、その大義名分を与えてやればいい。〈紅天〉によって〝L〟が破壊の危機にあること。そして、もしそうなれば〈蒼橋〉は災害によって連邦直轄星系になる可能性が大だと。そうすれば、彼らとの間にパイプを結ぶことができる」

啞然とした表情の熊倉と沙良に、ムックホッファはどこか楽しそうに言った。

それからさらに二日。

〝L〟破砕の動きが明らかになってから、住職はムックホッファやロケ松と一緒に、弁務官事務所に泊まりこみとなっている。もっとも、人口の大半が冷凍睡眠状態な現在は、宿舎としてあてがわれた一流ホテルも、衣食住のすべてを客が自分でやる木賃宿でしかない。それに比べれば、弁務官事務所は沙良が食事を用意してくれる分、暮らしやすい。

「なるほど、ムックホッファさんはそう判断されたか」

「笑い事じゃないヨ。そもそも、〝L〟が破壊されたら〈蒼橋〉はムチャクチャになるし、たとえH区の鉱工業施設が無事でも、それを動かす職人はいなくなっちゃうヨ。合金《アロイ》が欲しいくせに、なんでそんなコト考えるかな」

糧食のパックを乱暴に破りながら、沙良が憤然と言う。食卓にいるのは彼女と住職のふたりだ。ムックホッファは公室にこもりきりで、ロケ松は高次空間通信《HDSN》の前に座りっぱなし。食事もそちらでとっている。さすがに手が足りないので、末富大尉を新たに〈蒼橋〉弁務官事務所に出向させるよう、働きかけている。

弁務官事務所のセキュリティ担当として熊倉が決めたことのひとつが、沙良を通して〈蒼橋〉側に流れる情報をいかにコントロールするか、だった。

――触るな、見るな、聞くなと言われたコト以外は、何を誰に言ってもいい。つまり、今日聞いたことは全部しゃべってもいいのネ。

ムックホッファが〝L〟破砕にかこつけて〈蒼橋〉を連邦直轄星系にしようともくろむ有力星系と手を結ぼうとしている、と沙良は住職に語った。

「合金《アロイ》を手に入れるつもりナラ、職人を大事にしないと意味がないヨ」

「偉い人というのは、そういうものだ。設備さえ整っていれば、職人は常に同じ技量で仕事をすると考える。職人にも職人なりの生き甲斐や目標があり、それがあるからこそ、技量を発揮できるとは考えない」

「偉い人ってバカなの？　職人は道具じゃないヨ！」

「いやいや、そうじゃない。偉い人の価値観と職人の価値観はあちこち違うということだよ。そして、価値観が違う人と話をするのは、とても大変なのだ。だからたがいに勘違いして喧嘩になってもうまく修正できない。ムックホッファさんは、今その両者の価値観を調整する仕事をしようとしている」

「どうやって？」

「〈蒼橋〉を連邦直轄星系にしてしまえ、という欲の皮が突っ張った星系を味方につけることでだ。〈紅天〉による〝L〟破砕の話をそれとなく伝え、この破砕が成功すれば、〈蒼橋〉は自治能力を失う、と保証すれば、そういう星系は話に乗ってくるからな」

「トんでもないやつらだヨ！　ムックホッファさんも、何でそういう連中を味方にしようとするかな」

「とんでもないやつらだから、だよ。彼らに好きに活動させれば、もし〝L〟破砕を阻止しても、別の形で〈蒼橋〉を連邦直轄星系にする理由を見つけだしかねない。そうなったら終わりだ」

「でモ、〝L〟破砕が阻止されたら？」

「彼らをムックホッファさんが説得してくれる」

「ほえ？」

「言っただろう。価値観が違う人と話をするのは大変だと。連邦の有力星系は、価値観が違う〈蒼橋〉の職人の言うことには耳を傾けない。理解できないからね。でも、同じ価値観を持つ連邦宇宙軍将官の話なら聞いてくれる。味方であれ、敵であれ、価値観が同じなら、コントロール可能だからね」

　そこまで言って、住職はわずかに目を細めた。

「しかし、そのためにはムックホッファさんにもう少し、あっち側に踏みこんでもらうしかないね」

「どういうコト？」

「ムックホッファさんに手を汚してもらう、ということだよ」

5

惑星蒼橋《あおのはし》をめぐる岩石帯、〝ブリッジ〟の中でも一番の稠密度《ちゅうみつど》で知られるM区。

普段ならあまりの危険度の高さに近寄る艇《フネ》はないこの空域に、蒼橋義勇軍が文字どおりの総動員をかけてからすでに三日目。

〈紅天《こうてん》〉が〝L〟破砕を企図していることはすでに全軍に告知されている——とはいえ、〝L〟の存在自体が極秘だったし、艇《フネ》は航路掃海のために散っていたから混乱は並大抵ではなかったが、それでも大部分の艇《フネ》はM区周辺に集合しつつある。

ただし、彼らの任務は〝L〟破砕を阻止できなかった時の対処（破砕片の誘導・排除）であり、実際に彼らの出番が来れば、それは間違いなく〈蒼橋〉最後の日になる。

その一方で、〝L〟の存在を知っていた——つまり位置や危険度を知っていた——ベテラン勢の中からさらに選抜されたグループがM区の中に進入しつつあった。

実際に破砕を阻止するのは彼らの役目であり、もちろんその中には一番最近に〝L〟を観測した播磨屋源治《はりまやげんじ》率いる播磨屋一家も含まれている。

彼らはM区に到着しだい内部に進入を開始し、すでに先頭グループは重なりあう岩塊《ヤマ》の影で蒼橋主星の光が届かない空域にまで達していた。

「ほかの連中はどの辺にいるか分かるか？」

播磨屋源治の問いに、家内無線《ないせん》から声が返る。〃旗士《はたし》〃の滝乃屋昇介《たきのやしょうすけ》だ。

「ハロルド一家が左舷二〇〇㎞。武州屋《むさしや》が右舷五〇〇㎞だよ」

「まだ何か発見したという報告はねぇな？」

「うん、残念ながら」

「分かった」

そう言って家内無線《ないせん》のカフを下ろした源治は、モニターに出ているM区の概念図を見やった。

M区を構成している岩塊群の断面は紡錘形をしている。〃L〃が存在しているのはその中心部だから、単純に距離だけを考えれば軌道平面の上下方向から接近するのが一番効率がいい。実際に源治もロイスに〃L〃を見せに来た時にはそうした。

しかし、今回は紅天艦がどの方向から〃L〃にアプローチするか分からない。蒼橋義勇軍はベテラン勢一八グループを、〃L〃の軌道の前後及び上下左右の六方向から接近させている。播磨屋一家は後方担当グループだ。

ただ、〃L〃の軌道の内側や外側ではなく後方――つまり同軌道――からのアプローチは難しい。軌道が同じなら速度も同じだから、そのままでは永遠に追い付けないからだ。

〃L〃の右側（高軌道側）からアプローチするなら、加速して高軌道に遷移《せんい》し、いったん相対位置が離れる形になった後、適当なところで減速してやれば、もとの軌道に遷移するにつれて軌道前方から後ずさりする形で距離が詰まる。

〝L〟の左側（低軌道側）からアプローチする場合はこの反対だ。減速して低軌道に遷移していったん追い越した形になった後、タイミングを見て加速してやれば、後方から追い付く形で距離が詰まる。

だが、相手は軍艦だ。まず〝L〟の軌道まで入りこんだ後、速度に合わせて変化しようとする軌道をバーニアで抑えつけ、〝L〟の軌道を無理矢理トレースして後方から接近している可能性は高い。その場合、岩塊《ヤマ》が一番濃密な空域を通って行く形になるから探知も難しいだろう。

しかし、一般の作業艇しか持たない蒼橋義勇軍にその真似はできない。後方担当グループは周期的に加減速を繰り返し、〝L〟の軌道を縫うような航跡を取って距離を詰めている。

源治は〝L〟との残距離と岩塊《ヤマ》の密度を改めて確認し、家内無線《ないせん》のカフを上げた。

「一同謹聴。そろそろフォーメーションを組むぞ。レーザー距離計をドップラーモードにしてバーニアコントローラーに接続、位置に付け。以後の管制は昇介に任せる」

「うん、任された。じゃ、五分後に管制開始するよ」

「合点承知」と一家が声を揃えた頃……。

「一番近いのは播磨屋一家ですな」

弁務官事務所の通信室の一角。ただのAVシステムだと思われていた一群の装置が稼働し、スクリーンに複数のウィンドウが表示されている。どうやら防人《さきもり》リンクと蒼橋リンクを同時に表示しているらしい。

「彼らには無理をかけっぱなしです」

蒼橋義勇軍の総動員令が下されて以来、泊まりこみ状態の住職の言葉に、ロケ松が笑いを含んで返す。

「ま、有能なやつに仕事が集まるのは世の常だ。無理させるってぇことはそれだけ優秀ってことですぜ。な、沙良《さら》？」

いきなり振られた沙良が一瞬ぽかんとし、次に真っ赤になると最後には怒りだした。

「う、うるさいヨ。昇介が優秀なのはあたりまえなんだからラ、いちいち言わなくてもいいんヨ」

「おや？　誰が昇介の話だって言った？」

「うーッ、知らないッ！」

と、横を向いてしまった沙良は置いておいて、ロケ松は改めてスクリーンを眺めた。

「こんなシステムがあるのに、前の弁務官が何も報告してなかったってのが信じられねぇな。義勇軍の中身がまる分かりじゃねぇか」

「いや、今はロックを外してあるからそう見えるだけですな。以前はかなりバイアスを掛けた情報しか見られなかったようですぞ」

住職の指摘にロケ松が顎をなでる。

「なるほど、親爺参謀長の手柄ってわけか。専用端末まで用意して開けっ広げに教えると思わせて、肝心な部分はきちんと隠す――防諜の基本だな」

「そのとおりですが、それももう終わりですぞ。今の〈蒼橋〉には連邦に隠し事をする余裕はありませんからな」

そう住職に言われて、――さて、それはどうかな？　と、一瞬頭を過《よぎ》った何かには気づかぬふりをして、ロケ松は話を戻した。

「実際のところどうやって連中を止めるんだ？　もしやつらがギガトンクラスの対消滅弾を持っていたら、〝L〟は一発でやられちまうぜ？」

「いえ、その規模の対消滅弾は連邦宇宙軍がしっかり管理していると聞きます。〈紅天〉が持ってる可能性は低いでしょう。それに相手は長径二〇〇キロ、短径一〇〇キロの岩塊《ヤマ》です。対消滅弾でも砕くのは骨でしょうな」

住職の言うことは道理だった。

〝L〟を一発で砕くには中心に近いところに禁制の対消滅弾を仕掛ける必要がある。

だが、最短で深さ五〇キロメートルまでの穴を掘るドリルの長さは当然ながら五〇キロメートルを超えるが、それだけの長さと太さで必要な強度を保てる素材は存在しない。

ビームを使ったとしても五〇キロメートルは貫通できない。途中からビームは穴の中に充満した気化ガスを加熱するだけになってしまうからだ。

結局、惑星地表でのトンネル工事同様、最初から反応弾が通る大きさの穴を掘り進めて行くしかないということになる。

だが深さ五〇キロメートルの穴を掘り、対消滅弾を仕掛けた後、もとどおり埋め戻す（口が開いたままでは衝撃波がそこから逃げてしまう）には、土木専門の工兵隊が一個師団でかかっても月単位の時間が必要だろう。

「てぇことは、やはり〝一粒山《ひとつぶやま》〟の言うとおり低周波破砕しかねぇってことだな……」

そうロケ松が呟いた頃……。

「やっぱり〝L《一粒山》〟の固有振動数は分からねぇのか……」

蒼橋義勇軍のCICで、御隠居司令長官が難しい顔で腕を組む。

「無茶言わんでくれ。こっちに分かるのはレーダーで解析した形状と重量、そして比重だけだ。内部構造が分からねぇ以上、そんなものが分かるはずはねぇだろう」

コンソールのスピーカーから流れてくるのは〝踏鞴山《たたらやま》〟の神立雷五郎《かんだちらいごろう》のガラガラ声だ。

およそこの世に存在するすべての物体には〝固有振動数〟と呼ばれるものがある。物体ごとに異なるこの振動数に同期した振動を与えられた物体は、共振を起こして振動を始め、それが続けばやがて弾性限界を超えて破壊される。

それは、小はネジ一本から大は惑星に至るすべての物体で生起する現象であり、物体である以上避けることはできない。以前、ＥＭＰ被害を受けた鍛造《たんぞう》衛星が崩壊寸前にまで至ったのも、不規則回転する工場の振動数が、張りめぐらされた張力ワイヤーの固有振動数に合致して共振を起こしたからだ。

――つまり、相手が巨大な〝Ｌ〟だったとしても、その固有振動数に合致した振動を与え続ければ共振を起こし、それが継続すればいずれ破壊されるに至る――ということなのだ。

ただ、重金属の豊富な鉱脈があると見られている〝Ｌ〟の内部は均質ではなく、鉱脈の量や位置関係によって固有振動数は変化する。〝雷神屋《いかづちや》〟の大将が分からないというのも無理はなかった。

「とりあえずシミュレートはしてみた。〝Ｌ〟の固有振動数を割り出す時間や、装置の設置時間を除いて、八〇〇から九〇〇時間というところだが……当てにはならねぇぞ」

「分かってる、それより短いってことはねぇんだな？」

「ああ。こいつは〝Ｌ〟内部が完全に均質という前提で組んだシミュレーションだ。実際にゃあもう少しかかるだろうが……たぶん一一〇〇時間は超えねぇ」

「……五週間から七週間ってぇことか」

「それに発生装置が一基だけだと〝L〟内部で低周波が減衰しちまう。いつかは砕けるだろうが、それには無限に近い時間がかかるという結果になった。だからこいつは、振動発生装置を最低でも四基、できれば六基以上で同期させた場合の数字だ」

その言葉に、御隠居司令長官の表情が変わる。

「六基？　その発生器はどのくらいの大きさが必要なんでぃ？」

「大きさか……機械的にドンドンやったら発生器のほうがもたねぇから、たぶん圧電素子のでけぇのを使うだろうな。その場合、地表にしっかり固定できればいいからそんなに大きくなくてもいい。たぶん大きさは二、三〇メートル角の立方体程度。重さは二、三〇〇〇トン程度で充分だろう」

「二、三〇〇〇トン程度の装置が六基……そいつぁ嫌な符合だぜ……」

そう御隠居司令長官が漏らした頃……。

「ビーコン探知！　間違いない。〝L〟のほうから出てる」

家内無線《ないせん》から飛びこんできた昇介の報告に、源治は傍らの大和屋小雪《やまとやこゆき》にちらりと目をやった。

コパイロット席の小雪が素早く周波数と方向を確認し、アンテナをそちらに向けた。ほどなく簡易三角測量の結果が出る。

「距離二〇万km。位置は〝L〟の一五万km手前です」

頷いた源治が家内無線《ないせん》に怒鳴る。

「昇介、ビーコンの種類は？」

「連邦標準のクロス標定ビーコン。ただ、出力はかなり弱いよ。M区の外だと探知できないかも。大将がロイス姉ちゃんに〝L〟を見せに来た時、こんなビーコンあった？」

「いや、あの時にはなかったし、その後でM区に入った義勇軍の艇《フネ》もねぇ。こいつぁ決まりだが……ちと厄介だな」

「どういうこってす？」

と、口を挟んだ成田屋甚平《なりたやじんぺい》に、音羽屋忠信《おとわやただのぶ》が諭す。

「行方不明の紅天艦はたぶん、ひとつの戦隊として行動しているはずです。だとしたら、彼らがビーコンを設置するはずがないんですよ。一緒に行動してるんだから、ほかの艦を誘導する必要はありません」

甚平は一瞬沈黙し、次の瞬間声を上げた。

「……あ、ああっ、そうか。そういうことか！　紅天艦の先まわりをしてビーコンを設置したやつがいるってぇことか……」

「そういうことだな。昇介、防人リンクの中継衛星はいくつ積んできた？」

「八基だよ。使う？」

「ああ。ここに一基置いて、残りはこいつにリンクするよう順次放出してくれ。位置とタイミングは任せる」

「うん、こっちも任された。で、何か指示をのせる？」

源治は少し考え、告げた。

「今は〝集まれ〟だけでいい。ここまで来ればビーコンが受信できるから、後は皆勝手にやるだろう」

「分かった。こっちはビーコンを追尾だね？」

「ああ。ビーコンが出ている以上、紅天艦の誘導はまだ終わってねぇはずだ。行くぞ！」

「合点承知！」

と、一同の声が家内無線《ないせん》から響いた頃……。

6

「見つけたか！」

蒼橋《あおのはし》評議会の執務室で〝一粒山《ひとつぶやま》〟からの報告を受けたカマル主席の表情がほころぶ。

「で、七隻全部か？」

勢いこんで訊ねた主席だったが、御隠居司令長官の返答に渋面を作る。

「いや、見つけたのは連中が設置した誘導ビーコンですぜ。艦自体はまだだ」

「ビーコン？　まさか無関係の遺棄品の可能性はないのかね？」

「誰も行かねぇM区のど真ん中ですぜ、遺棄しようがねぇでしょう。誰かが紅天《こうてん》艦を誘導するために置いたんでさぁ」

「そ、そうか」

と、いったんは納得した主席だったが、すぐに肝心な件に思い当たった。

「……待てよ、誘導ということは、設置したやつは紅天艦より先にそこにいたということになるぞ？　協力者がいるというのかね？」

御隠居司令長官も不本意ながら同意するしかない。

「そうなりやす。駆除し損なった土竜《モグラ》がいたに違いねぇ」

「土竜《モグラ》か……参謀長は何と？」

親爺参謀長は蒼橋義勇軍の情報部門の総元締めだ。紅天艦の行方不明が明らかになって以来、不眠不休で奮闘している。

「おれの誘拐事件と通信衛星テロに関与した〈紅天〉の工作員は、全員身柄を確保したそうです。ただ、蒼北市《あおきたし》を狙った〝車曳き《くるまひ》〟の所在だけが分からねぇ」

蒼北市の名前を出された主席が少し鼻白む。

「……たしかにあの時にキッチナー中将に助けてもらわなかったら、〈蒼橋〉はいまごろとんでもないことになっていたろうが……その犯人が容疑者なのかね？」

「はい。味方の市民を人柱にして〈紅天〉を呼びこむつもりだったやつです。一筋縄《ひとすじなわ》ではいかねぇ野郎だ」

「……ということは、正体は分かっているのかね？」

「ええ。身分は蒼橋義勇軍の少佐で……」


「越後屋？　越後屋景清《えちごやかげきよ》だと？　間違いねぇのか？」

怒鳴り上げるような源治《げんじ》の問いに、家内無線《ないせん》から昇介の当惑したような声が返る。

「そんなことぼくに聞かれたって分かんないけど、防人《さきもり》リンクはそう言ってるよ」

播磨屋《はりまや》一家は今、M区の中でも一番稠密な軌道に入りこんでいる。外部との通信は昇介《しようすけ》が設置したリンク用中継衛星だけが頼りなのだ。

自分の怒鳴り声で我に返ったのだろう。源治が少し声を落とす。

「そ、そうか。済まなかった。しかし……越後屋とはな……」

彼にとって越後屋景清は因縁浅からぬ相手だ——とはいうものの、それは同じ陣営内での角突《つのつ》き合いであり、気が合わない相手——程度の関係で収まっていた。それがいきなり

〈紅天〉の工作員として名指しされたのだ。源治ならずとも混乱するだろう。

「野郎、何が不満で〈蒼橋〉を裏切りやがったんだ……」

そう呟く源治に、忠信《ただのぶ》が静かに返す。

「いや、違いますね。越後屋は裏切り者なんかではありませんよ」

「何だと？　現に裏切ってるじゃねぇか？」

忠信の声は冷酷なまでに静かだった。

「裏切り者は、もと味方だった相手を呼ぶ言葉です」

「え？」

一瞬ぽかんとした源治に、今度は甚平《じんぺい》がかぶせる。

「じれってぇな。あいつは最初《はな》から〈紅天〉の工作員だったたってことだろ？」

「しかしあいつとはもう一〇年以上も……」

「ホロ古代劇で見た〝草〟ってやつだと思うよ。出番が来るまでそこの人間になりきって暮らすんだ。まさか本当にいるとは思わなかったけどね」

昇介にまで言われて、源治も越後屋との付き合いを思い返す。

――たしかにあいつは〈蒼橋〉の生まれじゃねぇが、それを言うなら司令長官の御隠居だって同じだ。だから三代目に気に入られて越後屋に入婿《いりむこ》し、四代目を継いだ時も不思議には思わなかった……。

——跡取りが嫁取り、婿取りして家業を継ぐのは〈蒼橋〉の伝統だし、どこの星系《ほし》の出かなんて、誰も気にしねぇからな……。

——だが、こうなってみりゃあ、全部計算ずくだったってことになるわけか……。少し強引だが、腕は悪くねぇと思ってたんだが……妙な気分だぜ……。

黙りこんでしまった源治を、傍らの小雪《こゆき》が心配そうに見やる。どうやら聞きたいことがあるのに口に出せない様子だ。

と、その時、家内無線《ないせん》が吠えた。

「バーニアの排気を探知したよ！」

昇介だ。考えこんでいた源治が一瞬で覚醒する。

「でかした。距離は？」

「五万（㎞）弱」

「拡散の度合いは？」

「たぶん、噴射から六時間以上、一二時間以内」

「よし、防人リンクで位置情報を送れ、後は追い詰めるだけだ。全機減速用意」

Ｍ区への侵入を果たしている時点で紅天艦の前部が装甲されていることは確実だったから、源治は一番脆弱な後端部の噴射ノズルを狙えるよう、後ろから接近する形になる減速を命じたのだ。

だが、少し遅かった。

「ビーコンが止まった！」

昇介の報告に源治が吠える。

「越後屋と合流しやがったか！　連中が〃L〃に取り付くまでの時間は？」

「今の速度なら一二時間弱だけど……」

自信なげな昇介の返答に、源治ははっと気がついた。

「済まねぇ。相手の進路啓開性能も分からねぇのに、答えが出るわきゃあねぇな。なら、こっちの後続が着くまでにはどのくらいだ？」

「右舷のハロルド一家が二時間後。左舷の武州屋《むさしや》が五時間後だよ。ほかはかなり遅れてる。後、六グループぐらいが〃L〃に先まわりしようとしてるけど、時間までは分からない」

「岩塊《ヤマ》の密度しだいってやつだな、ま、仕方ねぇ。……よし、全機さらに減速。向こうのケツを狙う」

「大将、下品だよ」

「昇介、お上品にやってる余裕はねぇぞ。相手を見つけしだい教えろ」

「了解《ラジャー》」

――だが……。

「やられた！」

昇介の叫びに、モニターを眺めていた源治が顔を上げる。

「何だ？」

「……これ、紅天艦じゃない。ただの岩だよ！」

「何だと？」

「岩の欠片に反射板《リフレクタ》とバーニアユニットをくっつけてあるだけだ。騙された！」

そう昇介が叫んだとたん、源治は舌打ちした。何せ、囮《おとり》を使って相手を翻弄するのは蒼橋義勇軍の十八番《おはこ》だ。

「やくたいもねぇ。同じ手でやり返されたってわけか……。昇介、皆に連絡だ、これは囮だ、来るんじゃねぇと言え！　ほかに何か見つけたやつはいねぇか？」

「それが……みんなこっちが本命だと思ったらしくて、捜索をやめてこっちに向かってるから……」

「何だと？　全部か？」

「ううん。〝L〟に先まわりしようとしてる六グループはそのままだよ」

「……そうか」と返しつつ、源治は素早く考えをめぐらした。

――考えてみりゃあ越後屋の野郎は義勇軍の少佐だ。防人リンクで自分のＩＤがはじかれるくらいは予想して、リンクをモニターするための対策を取っていたってことだ。

——そしてリンクを見れば、こっちの動きはお見通し。適当なところでビーコンを出して、おれたちが寄って来たらバーニアユニットでさらに誘う……舐《な》められたもんだが、上手い手にゃあちげえねぇ……待てよ」

源治の目がキラリと光る。

「昇介、〝一粒山《ひとつぶやま》〟を呼び出せ、御隠居が出たらこっちにまわせ」

「分かった」

少しして御隠居のダミ声が天井のスピーカーから降る。

「何だ？ 囮のことならもう皆に伝えたぜ。今頃は捜索に戻ってるはずだ」

それを聞いた源治が慌てて応える。

「それはだめだ。今すぐ捜索を中止して、〝L〟に向かうように指示してくれ」

「何だと？ どういうこった？ まさか……」

「そのまさかですぜ。紅天艦はもう〝L〟に取り付いて作業を始めてる。でなきゃあ、あの程度の囮でおれたちを足止めする理由がねぇ」

「どういう意味でぇ？」

「もう準備が終わっていて、おれたちがどうあがいても間に合わねぇのなら、足止めなんか最初《はな》っからする必要がねぇ。逆に準備がまだまだなら、こんな風にすぐバレる囮じゃ時間稼ぎには足りねぇ。

足止めは必要だが、長くする必要はねぇから、あの囮を使ったんだ。準備はもう終わりかけてる。ほかを捜索してる暇はねぇんだ」

御隠居は一瞬沈黙し、「分かった」とだけ答えると通信を切った。

ほどなくしてスピーカーから昇介の声が降る。

「〝一粒山《ひとつぶやま》〟から一斉通信が来たよ。全グループは捜索を中止して、できるかぎり早く〝L〟に向かえって」

源治はほっと息をついた。

「……まわり道しちまったな……。昇介、いっきに〝L〟に向かう。指示頼む」

「了解《ラジャー》」

と、播磨屋一家が褌《ふんどし》を締めなおしていた頃……。

「全権代表、熊倉《くまくら》大尉、公室に頼む」というインターホンの声に従って、ロケ松と住職は通信室を出た。

激務の割には二人の姿は小ざっぱりとしている。住職が顎に手をやって笑った。

「おたがい無精髭がないのは沙良《さら》のおかげですな」

ロケ松も半分苦笑いで返す。

「下手に伸ばしたら、不潔だ何だと喚きやがる。まったく、クニの女房より五月蝿《うるせ》ぇや」

それを聞いて住職は少し目を見開いた。

「おや、結婚されてたんですかな？」

ロケ松は一瞬、あっという表情になったが、努めてさりげなく返す。

「別に触れてまわるつもりはねぇが、してはいますぜ。こんな仕事だから別居も同然ですがね」

「なるほど」と受けた住職だったが、それ以上踏みこむつもりはないようだ。ロケ松も、「それでご住職は？」などとは聞かない。この辺の適度な距離感が年の功というやつだろう。

と、そこまで話したところで弁務官公室に着き、ロケ松は「入ります」と告げてドアを開けた。

部屋ではムックホッファ弁務官が不敵に微笑んでいた。

7

「救難信号だ！」

「何？」

昇介《しょうすけ》の叫びに、源治《げんじ》は反射的に救助対策画面を呼び出した。

「パターンは蒼橋《あおのはし》義勇軍標準仕様。ＩＤは……越後屋《えちごや》鉱務店だと？　野郎、こんな所にいやがったか！　甚平《じんぺい》、忠信《ただのぶ》、用意しろ！」

いきなり振られた二人の驚くまいことか。

「え？　用意しろったって、救難信号出してる相手に何を？」

「まさか……発破の準備ですか？」

驚きながらも、分かっていて口に出すのが憎らしい。

「うるせぇ、救助の準備に決まってるだろうが！」

「良かった。大将はまだ正気でした」

「だからうるせぇよ。おれだってやっていいことと悪いことの区別ぐらいはつく。昇介、状況は？」

「主動力沈黙。補助動力は稼働中。あ、推進剤《アイス》が漏れてる。タンクが破れたのかな？」

それを源治が聞きとがめる。

「まだ漏れてる？　遭難したばかりか？」

「そんな感じ。救難信号もたぶん、発信が始まったところだよ。この強さならもっと離れていても受信できたはず……と、こっちの呼び掛けに反応なし。あ、艇の後半部が岩に挟まれてる。一度に二つ来たから避けられなかったんだ」

「らしいな。よし、速度を合わせて、フォーメーション変更。救助完了まで全機を昇介がコントロールする。甚平と忠信はEVA《船外作業》の準備だ。いいか、絶対一人で動くなよ、どんな時でも二人一組だ。遭難者は《播磨屋壱號《はりまや》》に収容。小雪《こゆき》はその準備だ。分かったか？」

「合点承知」と、一同が唱和した頃……。

「もう一度言っていただけますかな？」

弁務官公室で住職は困惑していた。

「蒼橋義勇軍を連邦宇宙軍に編入すると聞こえましたが……」

ムックホッファ弁務官が頷く。

「そのとおりです。規定を散々ひっくり返して見つけました。

連邦弁務官は、正規の連邦宇宙軍が存在しない、もしくは到着が遅れている場合、現地星系の任意の軍隊を徴用、任意の期間連邦宇宙軍現地軍として編入できる――とあります。連邦創成期の規定ですが、まだ有効です。確認しました」

帝政が崩壊し、新しく連邦が形成されつつあった頃、複数の勢力がにらみ合う星系《ほし》で、連邦が友好的な勢力への支援策として取った方針のひとつだ。

「し、しかし、いまさら蒼橋義勇軍を編入して何の意味があるのです？　実質は何も変わりませんぞ？」

そう住職に問われて、ムックホッファ弁務官は微笑んだ。

「おっしゃるとおりです。実質は何も変わらない。だが、名目が変われば変わるものもあるでしょう」

「と、おっしゃると？」

「蒼橋義勇軍が連邦宇宙軍に編入された場合、もしM区で戦闘が始まれば、それは連邦と〈紅天《こうてん》〉の戦闘ということになる」

〝あっ〟という表情が住職とロケ松の顔に浮かぶ。

〝た、たしかにそういうことになるが……〟〝それはアリなのか？〟

そう言いたげな二人を軽く制して、ムックホッファ弁務官は話を続ける。

「当然、連邦外交部はそれを調査して〈紅天〉の真意を糺《ただ》し、納得いく弁明がなければ安全保障委員会に提訴することになります」

そう言われてロケ松は、「うーん」と考えこんだ。

「しかし〈紅天〉はすでに一度キッチナー艦隊と戦ってますぜ。その時に動かなかった連邦外交部が、なぜいまになって……」

と、そこで住職が口を挟んだ。

「大尉さん、弁務官の話はまだ終わっていないようですぞ」

「え？」と顔を上げたロケ松に、ムックホッファ弁務官が微笑む。

「ご住職のおっしゃるとおりだ。実はこの話は連邦外交部から出た話じゃない。言い出したのは連邦宇宙軍です」

「連邦宇宙軍？　そりゃあまさか……」

「うむ。巡航艦五隻を沈められたあげく、現役の中将まで殺されて、そのまま引っこむほど連邦宇宙軍は甘くないということだよ。軍全体から見れば損害は軽微だが、落とし前は付けるということだ」

「どんな落とし前です？〈紅天〉にケンカを売るんですかい？」

「いや、相手が無法をしたからと言って、こっちも無法で返したら泥沼だ。あくまでも正攻法でいく。

　ことが起これば連邦外交部は調査団を出すが、裸で出すわけにはいかないから連邦宇宙軍が護衛を用意した。機動戦艦部隊が一個艦隊付く」

　住職とロケ松は文字どおり絶句した。

　そして連絡を受けた御隠居こと蒼橋義勇軍司令長官・滝乃屋仁左衛門《たきのやにざえもん》は、文字どおり呵々大笑《かかたいしょう》した。

「おもしれぇじゃねぇか。さすがムックホッファさんだ。構わねぇから好きなだけ持っていってくんな。何なら乾葡萄付きのＣＩＣ《一粒山》も持ってくかね？」

「いや、それはさすがに……。とりあえず紅天艦に接近しているベテラン連をお願いします。最先任はどなたですか？」

「んーと、源治・ハイネマン中佐だな。播磨屋の大将だ」

「ああ、あの。では彼を連邦宇宙軍蒼橋現地軍司令官として徴用し、指揮を任せます。連絡よろしく」

「承知したぜ。こっちは任せてそちらは根まわしをよろしく頼むぜ」

「了解です。〈紅天〉本星がしぶといですが、何とかします」

　と、ムックホッファ弁務官が告げた頃……。


「女だぜ。意識がねぇ」

「ネームプレートは……越後屋《えちごや》八重《やえ》……景清《かげきよ》の奥さんのようですね」

岩に挟まれた〝車曳き〟、越後屋鉱務店の中に入った甚平と忠信の報告を受け、源治の傍らでスピーカーに耳を傾けていた小雪の顔がぱっと輝く。

　それを横目で見ながら、源治は少し考えて訊ねた。

「ほかに人間はいねぇか？」

「居室や倉庫にも人影はねぇし、センサーにも反応はねぇ。この艇《フネ》にいるのは八重さんだけだぜ」

「意識はまだ戻らねぇんだな？」

「ええ。ただ呼吸や脈拍は正常。体温も平熱ですし、出血してる様子もありません。何らかの理由で昏倒してるだけのようですね」

「そうか……なら、静かにここ《播磨屋壱號》まで運んでくれ。世話はこちらでする」

源治がそう告げると、傍らの小雪が小さく頷いて席を立った。準備をするのだろう。

と、そこに昇介の声が降る。

「出るのは三〇秒待って、いま来てるやつをやり過ごすから」

言うなり、《播磨屋壱號》がグンと振れた。外を見られればほかの《弐號》や《参號》もまったく同じ動きをしているのが分かるだろう。今、播磨屋一家の四隻は、昇介の《四號》がまとめて管制しているのだ。

接近してきた岩塊《ヤマ》をかわしたところで、甚平から追加の報告が来る。

「航法ログを確認したぜ。三日前にここより一万キロ内側でほかの艦とランデブーしてる。そのままこいつは離脱コースに乗ったが、なぜか遠地点での吹かしをやらないでそのまま戻って来たみてぇだ。途中まで戻ったところで岩に挟まれてどうしようもなくなったらしい」

聞いた源治がねぎらう。

「ご苦労。てことは景清は、そのランデブーした艦に乗り移ったってことだろうな」

「だろうと思う。しかし……何で戻ってきたのかな……」

と、それに突っこんだのは小雪だった。

「それが分からないなんて。ロイスさんが苦労するはずだわ……」

甚平には意味が分からない。

「え？　え？　何でここでロイスが出てくるんだよ？　関係ねぇだろう？」

「関係ないと思ってるのは甚平兄ちゃんだけだよ」

「ですね。物事には限度というものがあります」

「何だよ皆して、おれが悪いのかよ！」

と、声を荒らげた甚平を黙らせたのは源治だった。

「ああ、おめぇが悪い。だからしばらく黙れ」

と、ニヤニヤしながら成り行きを見守っていた昇介の前で、防人《さきもり》リンクの呼び出しランプが点滅した。

「大将いるけぇ？」

「あ、祖父《じい》ちゃん。今、越後屋の奥さんを収容してるとこだよ」

「このアホ。任務中は司令長官と呼べと言ったろう……が、今はいい。それより景清の女房だ。意識は戻らねぇのか？」

「まだみたい」

「そうか、仕方ねぇな。手当てが一段落したらこっちに連絡頼む」

「いいけど、何の話？」

「何、大将の栄転の話だ」

「は？」


弁務官事務所では、ムックホッファとロケ松、住職と沙良《さら》の四人が打ち合わせと食事を兼ねて、食堂で顔を合わせていた。

「中央星系に〝L〟破砕のニュースは流れているか？」

「はい。星湖《ほしのうみ》トリビューン〈蒼橋〉の特派員ロイス・クレインさんの特報は、高次空間通《HDS》信《N》経由でほぼリアルタイムで流されているようですぜ」

「ほぼリアルタイム……中央星系の注目も大きいようだな」

「これまでのロイスさんの記事のおかげで、〈紅天〉星系軍と絶望的な戦力差がありながら奮戦した蒼橋義勇軍の活躍は広く知れ渡りましたからな。それに加えて合金《アロイ》の件があります。辺境に近い自治星系の争いとは思えぬ注目度の高さですよ」

「姉ちゃんの記事は、いざとなったら自分の命も危ねぇ最前線からの従軍レポートだ。臨場感が違わぁ」

「でも、蒼橋義勇軍が連邦宇宙軍になったコトは知られてないよネ。いつ発表するノ？」

「すでに発表は終わっている。ニュースになっていないだけで、連邦政府の公開情報として連邦市民ならば誰でもアクセス可能なデータベースに登録されている」

「そんな、お役所の掲示板の張り紙みたいなノ、誰も見てナイよ。ロイスさんに教えないノ？」

「今はまだだめだ。これはタイミングが重要なんだ」

「タイミング？　何を待ってるのサ」

フォークを口にくわえて、ムックホッファからせしめたふたつめのデザートのパックを開けた沙良が、うさんくさそうにロケ松をにらむ。ロケ松が巨体をもじもじと居心地悪そうに縮こまらせた。

「〈蒼橋〉の連邦宇宙軍現地部隊が、〈紅天〉軍と戦闘に入るタイミングだよ、沙良」

ムックホッファが噛んで含めるように沙良に説明する。

「ン？　どういうコト？　すでに〈紅天〉とは戦闘に入ってるんじゃないノ？」

「いや、〝L〟破砕を試みているのが紅天艦であることの確認はまだ取れていない。艦を特定し、その上で作業を中止して投降を呼びかける。そこまでやって初めて、大義名分が立つ。機動戦艦部隊を出動させて、〈紅天〉に乗りこむことができる。だが、そうなれば〝L〟を破砕しようという〈紅天〉艦隊と蒼橋義勇軍の間で、撃ちあいになるかもしれない」

話をしながらデザートの杏仁豆腐を口に運んでいた沙良の動きが止まった。

「撃ちあう？　紅天艦は、武装してるノ？」

「当然、考えに入れるべきだろう。その上、場所はＭ区だ。戦闘となれば、義勇軍にどれだけの被害が出るか分からない。最悪、〝Ｌ〟破砕阻止に失敗するかもしれない」

「冗談じゃないヨ！　戦闘を避けることはできないノ？」

「それを決めるのは〈紅天〉側だから確実な方法はねぇ。だが、ここで蒼橋義勇軍が連邦宇宙軍現地部隊だと大々的に発表すれば、〈紅天〉本星からの命令で、〝Ｌ〟破砕を停止させることができるかもしれない」

「じゃあ、なんでそれをやらないのサ。タイミングも何も、〝Ｌ〟破砕を止めれば、機動戦艦部隊も要らないし、この戦争を終わらせられるのニ！」

ロケ松にかみつく沙良を、住職がたしなめる。

「これは、わたしも、御隠居も、そしてカマル主席も納得してのことなのだよ、沙良。多少のリスクを冒してでも、〈紅天〉に機動戦艦部隊を送りこむことは必要だと思うからだ」

「だから、何でだヨ！」

お茶を飲んでいたムックホッファは沙良の顔を見て静かに言った。

「〈紅天〉がおかしくなっているからだよ、沙良。欲の皮が突っ張ってるだけなら、こうはならない。重金属バブルにせよ、キッチナー艦隊への奇襲攻撃にせよ、得られる利益に対して〈紅天〉のリスクが大きすぎる。そして今度の停戦合意を破っての〞L〞破砕にいたっては、一歩間違えれば連邦の敵として、〈紅天〉星系そのものが消えてなくなる所業だ。機動戦艦部隊が出るということは、それほどのことなんだ」

ムックホッファは、沙良がいれてくれたお茶をまたひと口飲むと、言葉を続けた。

「今の〈紅天〉は打つ手打つ手が、全部裏目に出た博打《ばくち》打ちのようなものだとわたしは考えている。悪い手と良い手の区別すらできぬまま、どうにかしよう、なんとかしなければ！　と焦っているように見えるのだ。

外から見れば、どれだけ異常であっても、本人たちには理由がある……本人にしか通用しない理由だがな」

「へ？　じゃあ、〞L〞の破砕は準備が整ってて、いま出来ることだから……やろうとしているだけなノ？」

「わたしはそう考えている。なぜなら、〈紅天〉艦隊が〞L〞破砕のための計画や機材を持ちこんだのは、いざという時の脅し《ブラフ》の道具であって、使うはずのものではなかったからだ」

ロケ松は、渋い顔のままほうじ茶のパックをすすって頷いた。

「たしかに。〈紅天〉星系軍の全艦隊が出動した時点で、合金《アロイ》のことも、連邦が本格的に介入することも分かってたはずがない。工作艦は〈紅天〉にとっての最悪のパターン——〝簪山《かんざしやま》〟が陥落しても義勇軍が抵抗をやめないときの脅し《ブラフ》と考えるとしっくりきますぜ」

何か心当たりがあるのか、住職がしみじみとした口調で頷いた。

「賭場や投資で大損する時の心理ですな。手元にちょっとでも金がある以上、それを使って逆転を試みずにはいられない、という……」

住職の言葉に、わずかに頬をゆるめると、ムックホッファは沙良に言った。

「こうなっては、それを止めることが出来るのは力だけなのだ……連邦宇宙軍とは、こういう時のために存在するのだと、わたしは思っている」

8

採鉱艇がM区深く入るにつれ、播磨屋《はりまや》一家の家内無線《ないせん》から気軽なおしゃべりが消えた。

〝L〟があるのはM区の中心に近い。もとよりM区は岩塊《ヤマ》が密集した危険なエリアだが、そこは勝手知ったる〝ブリッジ〟の中である。軌道上の岩塊《ヤマ》の動きには法則性がある。播磨屋一家ほどの腕があれば、推進剤《アイス》をめったやたらに吹かすことも〝露払い〟の甚平《じんぺい》がパチンコ《リニアガン》を弾くこともなく、前進できる。

もちろんそれは商売ゆえのこと。戦時の今は推進剤《アイス》から何から蒼橋《あおのはし》義勇軍の戦時国債《ツケ》がきくから惜しむものではない。何より、今は〝L〟の破砕を阻止するために、一時間でも一分でも早く先に進みたい……とはいえ。

「甚平兄ちゃん、大将のケツを掘りそうなやつをお願い」

「ちょっと待て、よし」

甚平は艇《フネ》をくるり、と回頭させた。新しくなった《播磨屋弐號》は戦時量産型の〝露払い〟採鉱艇だ。艇《フネ》を貫いて伸びるパチンコ《リニアガン》の砲身は砲弾速度を上げるため三割増しで長くなり、さらに連射が利くよう冷却システムがまとわりついて太い。そのせいで重心バランスは悪くなり、姿勢制御をぴたりと決めるには熟練した腕が必要だ。

「あれだな。よし」

甚平は少し考えて、岩塊《ヤマ》にパチンコ《リニアガン》を二発、少し時間をずらして撃ちこんだ。一発目でぐるぐると回転しながら軌道をずらしていく岩塊《ヤマ》が、二発目で回転を止めて安定する。

「手間《てま》ぁ、かけるな」

「いいんですよ、兄貴。そうでなくてもこのへんは魔女の大鍋のごった煮だ。へたに回転したままふらつかれちゃ、何が起きるか分からねぇ」

「魔女の大鍋か。確かにな」

播磨屋一家が〝L〟に近づくにつれ、異常なまでに岩塊が不規則な動きを見せ始めていた。源治《げんじ》はモニターをにらんだ。小雪《こゆき》がコンソールを操作して岩塊のベクトルを矢印で表示する。

「やっぱりな……バラバラもいいところだぜ。昇介《しょうすけ》、そっちのセンサーで何か分かるか?」

《播磨屋四號》の全周モニターの中央で、赤い目をこすりながら昇介が唇をとがらせた。

「はっきりとしたことは……でも、このへんをデカい何かが通過したのは間違いないと思う。それも、かなり無理矢理に。そいつに押しのけられた岩塊《ヤマ》が、ピンボールみたいにほかの岩塊《ヤマ》にぶつかったり跳ね返ったりで、このへんの岩塊《ヤマ》のベクトルが不揃いになってるんだ」

「十中八、九、〈紅天《こうてん》〉の工作艦だな。最大で四万トン級だったか……そいつがここを無理矢理に押し通ったんだ」

「いやはや、無茶をしますね。そんなサイズでよくもここを通れたものです」

甚平の《播磨屋弐號》と同様、《播磨屋参號》のペンキも鮮やかな戦時量産型〝発破《はっぱ》屋《や》〟仕様の採鉱艇の中で、忠信《ただのぶ》が慨歎《がいたん》する。

タイミング良く、防人《さきもり》リンクを通して《播磨屋壱號》に〝一粒山《ひとつぶやま》〟の司令部から連邦宇宙軍情報部による分析データが届く。

「これはすげぇな……全員、こいつを見てくれ」

モニターに表示された〈紅天〉の工作母艦の推定図を見て、甚平が口笛を吹く。

「こいつはおったまげた。どうやったらこのサイズに四万トンが収まるのやら……このまま体当たりかけりゃ〝簪山《かんざしやま》〟くらい貫通しちまいそうだぜ」

「うん。こう言うとおかしく聞こえるけど……カッコいい」

太い鏃《やじり》のような精悍なフォルムは、工作艦と呼ぶよりはホロで見る戦艦といった風情がある。一般に戦闘艦は敵に艦首を向けて遠距離で撃ち合いをするため、投影面積の小さな細長いシルエットをしているため、素人目には脆《もろ》そうに見える。それに比べると、〈紅天〉の工作母艦は太くてマッチョなシルエットになっている。

「ほかの作業艇は工作母艦が啓開した後をついていくようだな。〝L〟を破砕した後は、この工作母艦に移乗して逃げるんだろう」

「しかし、こいつが近くにいて作業艇を守っているとなると、腕ずくでなんとかするのは難しいですな」

「重巡航艦のビーム砲の直撃でも、正面からだと表面が溶ける程度だぜ、こりゃ。この艇《フネ》のパチンコ《リニアガン》じゃノミが食ったくらいにしかならねぇぞ。兄貴、〝一粒山《ひとつぶやま》〟の御隠居は何と？」

「さすがの御隠居も、これを見て腰が抜けたみたいだな。ウンともスンとも言ってこねぇや」

〝L〟を目前にして、播磨屋一家が事態の容易ならぬことに唸っていた、その頃……。

「腰が抜けるかと思いましたよ」

〝一粒山《ひとつぶやま》〟司令部の御隠居は、〝簪山《かんざしやま》〟弁務官事務所のムックホッファに告白していた。

「〈紅天〉の工作母艦もすごいですが、こっちが提供した断片情報から、わずか半日でここまで詳細な工作母艦の性能や、〝L〟破砕の詳しい作業手順を報告書としてあげてくるとは……どんな魔術を使ったんですか」

「種を明かせば簡単なことですよ。〝L〟破砕についての情報をわたしが伝えてから、〈星湖《ほしのうみ》〉の統合参謀本部は専門チームを作って、〈紅天〉がどのように〝L〟破砕を行なうか、シミュレーションを重ねてきました。その中から、いただいた情報と突き合わせてもっとも確率の高いものを選んだのです」

「口で言えば簡単なことかもしれませんが、そのためにかけられた労力を思えば、やはり腰が抜けそうです。一人で二役、三役を担当するパートタイムの軍隊にはとても真似できませんや。それにしても……」

御隠居は、連邦宇宙軍情報部によって大きく三つに絞られた〝L〟破砕の作業手順、その作業完了までの推定時間を見て顔を曇らせた。

「問題となる〝L〟破砕までの時間ですが……こっちと同じですね」

「はい。最短で八〇〇時間です」

〝踏鞴山《たたらやま》〟の雷神屋神立雷五郎《いかづちやかんだちらいごろう》の試算では、固有振動を利用して〝L〟を砕く時間を、八〇〇時間から九〇〇時間と見積もっており、蒼橋義勇軍ではその半分の四〇〇時間をタイムリミットとして作戦をたてていた。

〝天邪鬼《アマンジャク》〟迎撃が本来の任務であるから目立ってはいるが、蒼橋義勇軍は採鉱師《やまし》ばかりではない。警察軍と〝宇宙鳶《そらとび》〟から編成された白兵戦専門の部隊もいる。彼らを〝L〟に取り付いた工作艇に突入させ、低周波を止めるのだ。

「白兵戦部隊は、今、どこに？」

「弁務官のおられる場所ですよ。〝簪山《かんざしやま》〟です。〈紅天〉本艦隊がキッチナー中将の艦隊を撃破してすぐに集めました。〈蒼橋〉にとって軍事的には〝一粒山《ひとつぶやま》〟が、経済的には〝踏鞴山《たたらやま》〟が核ですが、政治の中心たる〝簪山《かんざしやま》〟が失われては意味がありません」

「飛車と角があっても、王を失えば負け、ということですな」

「はい。〝車曳き〟仕様の作業艇を改造した兵員輸送艇を使えば、最大で二〇〇人の白兵戦部隊を一〇〇時間以内に〝L〟へ運ぶことができます」

「低周波発生装置を搭載した工作艇の乗員は推定で三名。自由に動けるならともかく、

〟L〟に貼り付いた状態ではろくに抵抗できないでしょうな」

「だからこそ、解《げ》せないんですよ。こちらが打つ手は、〈紅天〉も分かっていたはずです。囮《おとり》が、播磨屋……じゃない、ハイネマン中佐が言ったように、〟L〟に取り付く時間を稼ぐためだとしたら、あまりにその時間は短い。ひょっとしたら、〟L〟破砕にかかる時間を短縮する方法があるのかと思っていたのですが、連邦宇宙軍情報部の分析でも、八〇〇時間だ」

「あれだけのサイズです。内部が空洞だとか共鳴しやすい理由があればともかく、八〇〇時間というのは妥当な数字でしょう」

「なら、ほかに何かある。〈紅天〉の連中は、この動乱《ドンパチ》が始まってから、政治的にはトチ狂ったことばかりしてやがるが、実現性についてはしっかり考えている。これだけ苦労して〟L〟に取り付いておきながら、義勇軍の白兵戦部隊に突入されて負ける、なんて情けないことにならないようにしているはずです」

御隠居の言葉に、ムックホッファはしばらく考えた後で言った。

「〟L〟破砕のほかに〈紅天〉にカードがあるとは考えられませんか？ 〟L〟に注意を向けさせておいて、〟簪山《かんざしやま》〟を襲撃する、という風に」

「そいつぁ……いや、無理でしょう。この動乱が起きる前に〟簪山《かんざしやま》〟の〈紅天〉管理区画に冷凍睡眠の兵隊をこっそり送りこんで待機させておく、ってことも不可能じゃないが、だとしたらすでに動いてなきゃおかしい。〈紅天〉本艦隊が〝簪山《かんざしやま》〟に長距離ミサイル攻撃をかける前のタイミングで覚醒させているはずです」

「これが〈紅天〉にとって最後の手札ならば、一刻も早くオープンさせるべきですな。今現在、〝L〟にもっとも近いのは？」

〝L〟にアプローチをかけているのは一八グループ、七二隻の作業艇からなる採鉱師《やまし》だ。

「天頂から接近している弁天屋《べんてんや》ですね。もうすぐ、〝L〟を視認できる位置につきます」

「では、連邦弁務官であるわたしの名前で、〈紅天〉工作母艦に作業の即時中止と蒼橋義勇軍＝連邦宇宙軍への投降を勧告しましょう。もしも手札に何か仕込んであるなら、これで、反応が見られるはずです」


一時間の後。一隻の作業艇が〝L〟近傍の空域に進出していた。弁天屋の〝車曳き〟仕様の採鉱艇である。いずれも前面装甲は傷だらけ、へこみだらけだ。

「〝L〟一番乗りは名誉だが、このへん、こうまで荒れてたっけか？」

採鉱艇の中で、弁天屋のリーダー、万太郎《まんたろう》がぼやく。ぼやくのも無理はない。ゴン。ゴゴン。ゴン。ひっきりなしに外鈑を叩く音が響く。ベクトル、質量ともに危険はないと分かっていても、気分のいいものではない。

「〈紅天〉は四万トン級工作母艦を持ちこんでる……擾乱《じょうらん》された岩塊《ヤマ》が軌道を乱している

と推測……けど、それだけではない……」

後方から支援する〝旗士〟仕様の作業艇から家内無線《ないせん》が入る。ぼそぼそと小さな声だが、馴れているので万太郎はボリュームを最大に上げてある。

「何かやってやがるのは間違いないな。おい、その四万トンとやらはどこだ？　こっちのカメラじゃ見えないんだが」

万太郎の作業艇は手近な岩塊《ヤマ》を盾にしながら〝L〟へとにじり寄る。うかつに電波を出すと攻撃される危険があるため、索敵は後方の〝旗士〟任せだ。

「赤外線で発見した……〈紅天〉の工作母艦は〝L〟の表面に取り付いている……ほかの六隻の工作船も同様……」

「工作母艦まで〝L〟に降りてるっていうのか？」

蒼橋義勇軍の攻撃や不慮の事故に備えて、工作母艦は〝L〟に同期した軌道で少し離れた場所に位置していると考えられていただけに、万太郎は首を傾げた。

「ますます何やらきな臭くなってきたな。おまえらは全員、それ以上近づくな」

「気をつけて万太郎……そちらからだと、工作母艦の位置は現在、〝L〟を挟んだ反対側……」

「よし、じゃあ仕事をするか」

万太郎は作業艇の通信アンテナを伸ばした。チャンネルを連邦の公用周波数に合わせる。

今の蒼橋義勇軍は連邦宇宙軍所属で、弁天屋万太郎も連邦宇宙軍の少佐だ。

「こちらは東銀河連邦宇宙軍〈蒼橋〉星系現地軍の弁天……じゃねえ、アルダ少佐である。〝L《ルーシー》〟に着陸している〈紅天〉星系軍工作艦の乗員に告げる。貴官らは、連邦の仲介による〈紅天〉と〈蒼橋〉の停戦条約に違反している。ただちに作業を中止して連邦宇宙軍に投降せよ。一時間以内に艦の主機関を停止し、連邦宇宙軍の臨検を受け入れるとの申し入れがない場合、連邦宇宙軍は諸君らと〈紅天〉星系に対し断固とした処置をとる。以上だ」

通信機のスイッチを切って、万太郎は大きく息をはいた。緊張で掌《てのひら》がじっとり汗ばんでいる。

「いきなり撃ってくることはなかったな。やれやれだ」

自分の後ろには、連邦宇宙軍の何万隻という艦隊がいる。そう考えればわずかに心強くもあるが、〈蒼橋〉のリングの中、特にM区深くでは何万が何十万でも助けにはならない。

そしてそれは〈紅天〉も分かっている。今すぐ連邦宇宙軍が艦隊を動かしたとしても、〈蒼橋〉に到着するのは〝L〟が砕けた後だ。

「それはおたがい分かってるんだ。いくら連邦の名前で脅しても、あいつらが〝L〟破砕をやめるとは思えんな。おい、夢子《ゆめこ》！　なんか変化はあるか？」

「今のところない……レーダーに新たな反応なし……赤外線の反応変化なし……重力波に

目立った変化なし……」

平穏を告げる〝旗士〟の言葉も、万太郎の胸から嫌な予感を消すことはなかった。

——あいつらの腹の内には何かある。問題は、その何かが、おれには分からないってことだ。たぶん、御隠居にも分かってないんだろうな。だから、おれがここで、あんな挑発的な物言いをやつらにすることになった。

万太郎は近くを漂う大きめの岩塊に作業艇を寄せた。そして〝L〟と作業艇の間に岩塊が来るよう、位置取りをする。いざという時にはせめてもの盾になるだろう。

——もうすぐ、ほかのチームもここに来る。そうなれば、こちらから仕掛けることもできる。さすがに四万トン級の工作母艦には歯が立たないが、小型の工作船を一隻でも二隻でも止めれば、共振で〝L〟が破砕されることもなくなる。

万太郎がそこまで考えた、その時。

「警戒！　工作母艦から強力な信号！」

〝旗士〟の叫びが、通信機を通して耳に飛びこむ。

次の瞬間。

太陽と見まがう激烈な輝きが、万太郎の作業艇の頭上から降り注いだ。荒れ狂う放射線と輻射熱に、通信リンクが切断され、作業艇の電子回路が火花を散らす。M区に入る時の常として窓をすべて装甲鈑で覆っていなければ、この一瞬で万太郎はフライになっていただろう。作業艇の情報系が一部を除いてシャットダウンし、再起動がかかる。

——EMP？　違う！　だが、それに近い何かがあった！　まさか、対消滅弾？

〈紅天〉の野郎、なんて物を使いやがる！

非常灯だけの暗闇の中、高熱に炙《あぶ》られて膨張した装甲鈑の継ぎ目が軋《きし》む音を聞きながら、万太郎はぎり、と歯がみした。


M区を遠く離れたL区とH区でも、その輝きは観測できた。

いや、離れていたL区とH区の方が、より正しく観測できた、と言うべきだろう。

防人《さきもり》リンクを通し、〝一粒山《ひとつぶやま》〟司令部に観測情報が集まる。

「確認された爆発は二つ！　スペクトル分析から、いずれも数百メガトン級の対消滅弾と推定」

「爆発場所は〝L〟ではありません！　爆発は〝L〟からいずれも三〇〇㎞離れた地点で発生しています。〝L〟を重心とする三角錐です」

「〝天邪鬼《アマンジャク》〟予備警報を発令します。推定される〝天邪鬼《アマンジャク》〟の軌道と数は……」

苦虫を一〇匹くらいまとめて嚙みつぶした御隠居が、防人リンクでつながった〝簪《かんざし》山《やま》〟のムックホッファと向き合う。

「転送したとおりです。紅天は対消滅弾二発を使用！　M区の中はひどいことになってます。幸い義勇軍は出揃ってるのでM区の外での迎撃は可能ですが、中に白兵戦用の兵を乗せた輸送船を送りこむことは、当分の間、不可能です……」

御隠居の言葉を聞いたムックホッファの顔は強張っていた。

「そう、おそらく御隠居の言うとおり、紅天がここで対消滅弾を使用した目的は〝L〟破砕のための時間稼ぎだろう。

だが、たかが時間稼ぎのために、対消滅弾を使うとは……」

「〈紅天〉との付き合いが長いわたしらでも、〈紅天〉がココまでやるとは思ってなかった……弁務官や連邦宇宙軍が予想できなくて当然です……やつら、本気です」

〝L〟破砕や、それによる〝天邪鬼《アマンジャク》〟の大量発生による被害は、〈蒼橋〉の特性を知らない星系に住む人々にとっては、ピンと来ない。ロイスの報道で興味を持つ人が増えはしたが、おそらく今なお、連邦市民の大多数は地震や津波などの自然災害と〝天邪鬼《アマンジャク》〟の区別がついていない。

だからこそ、有力星系は〝L〟破砕を許可したと言える。これによって〈蒼橋〉が壊滅しても、有権者の支持は損なわれないからだ。しかし、対消滅弾は違う。

対消滅弾は、究極の破壊兵器である。実戦では東銀河連邦の統一戦争で使われ、膨大な犠牲者を出したのが最後で、それ以降使われたことがない。

公に保有できるのは連邦直接加盟星系のみ。もちろん〈紅天〉が数発の対消滅弾をこっそり保有していることは連邦宇宙軍も把握していた。それどころか〈紅天〉の工作母艦が対消滅弾を〝L〟破砕に使う可能性すら考慮されていた。

だが、それはあくまで〝可能性としてあり得る〟レベルに留まっていた。

なぜなら、対消滅弾は〝禁断の兵器〟であり、紛争解決の手段としてそれを使えば、その時点で、ありとあらゆる大義名分が雲散霧消するからである。

過去の大戦での被害と合わせて、それを使用することは倫理的な大罪であるとの認識が染みついている。たとえ今回〈紅天〉の使用した対消滅弾がひとりの人命も奪っていないとしても、使用したというその事実が報道されるだけで〈紅天〉の政治的命脈が断たれることは明らかだった。

御隠居の表情が真剣みを増した。

「……正直に言いますぜ、ムックホッファ弁務官。あんたに賭けて正解だった。この騒動の根っこがあるのは〈蒼橋〉じゃない。〈紅天〉本星だ。こっちでこんな戦いを続けてたら、一年と経たずに、皆、おかしくなっちまう。さっき、わたしはやつらが本気だって言いましたが……訂正します、こいつは……狂気です」

ムックホッファは頷いた。

「ただちに連邦外交部を通して、連邦宇宙軍に出動要請を出します。対消滅弾使用の事実があれば、確実に受理されるでしょう」

「なら、これが最後の戦いだ。M区から出てくる〝天邪鬼《アマンジャク》〟は義勇軍で叩きます。そして〝L〟は……」

御隠居は画面に表示されたリストを見た。M区に送りこんだ一八の採鉱師《やまし》チームの情報が並んでいる。その先頭に、播磨屋源治の名前があった。

——頼むぞ、大将。何としても〝L〟破砕を止めてくれ。

下駄を預けられた側の採鉱師《やまし》チームだが、〝L〟破砕を阻止する前に、まず自分たちが生き残ることが先決であった。

囮に引っかかり、ほかのチームから遅れていた源治たちは全員無事だったが、ほかのチームは対消滅弾の爆発とその後の岩塊の擾乱によって、多かれ少なかれ打撃を被っていた。最初に飛び交う小さな岩塊に〝旗士〟が広げたアンテナがやられ、半ば目を潰されたことで予測していない方角からの岩塊に不意を討たれ、それを避けたことでほかの岩塊との衝突の危険が発生し……と。

「王手をかけられ、逃げまわったあげく王将が敵陣に入りこんだ、ってところだな。まったく面目ねえ」

どてっ腹に岩塊《ヤマ》をくらった〝車曳き〟仕様の採鉱艇の中で応急作業をしながら語るのはハロルド一家の頭目、グリース・ハロルドだ。

「機関は無事だが、竜骨がひん曲がっちまった。すまんが〝L〟までは行けそうにない」

「進むのは自殺行為として、戻ることはできるのか？」

源治はハロルド一家の残りの採鉱艇を探しながら聞く。ハロルド一家の〝旗士〟と〝発破屋〟は近くで見つかったが、〝露払い〟だけが見つからない。防人リンクにも、家内無線《ないせん》にも応答がない。

「竜骨はさすがになおせんが、応急すれば、ちょろちょろ噴かして動くことはできる。M区を抜けるまでの辛抱だな。少々時間はかかりそうだが……ま、何とかする」

「分かった。問題は〝露払い〟だが……今回組んでたのは、生駒屋《いこまや》だな？　最後に確認したのはどこだ？」

生駒屋辰美《いこまやたつみ》はフリーランスの〝露払い〟だ。〈蒼橋〉でも十本の指に入る凄腕で、播磨屋一家の成田屋甚平《なりたやじんぺい》の義妹でもある。

「おれの位置から天頂方向に五㎞だった。おれのケツに直撃しそうな岩塊《ヤマ》を弾いた直後に、自分も腹にくらってすっとんでいった。ベクトルは軌道の逆方向」

「逆方向……ってことは減速して内側の軌道に落ちてるか。聞こえたな、甚平！」

「おう。今、内側に降りて……いた！　くそ、コマみてえにぐるぐる回ってやがる」

甚平からのカメラ映像が転送された。岩塊《ヤマ》に混じって、くるくると回転する採鉱艇が、太陽の光を浴びてきらきらと瞬いて見える。

「こいつはひどいな。忠信、手を貸してやれ。甚平、パチンコ《リニアガン》で弾いて回転を落とせるか？」

「あいよ」

「大将、ちょっと待って。甚平兄ちゃん、そのままだと岩塊《ヤマ》が五分後にニアミスするよ。もう五〇〇m、距離詰めて」

「あいよ」

甚平は軌道順方向に船尾を向けて軽く噴射した。軌道速度がさらに落ち、斜めに滑るように内側の軌道へとスライドする。

「よし、いい位置だ。昇介、ありがとよ」

「なんてことないって。それより急いで。〝L〟の下側の軌道での爆発で加速した岩塊《ヤマ》が、もう少ししたらこのへん一帯に上がってくるから。これじゃ、〝L〟が壊されなくても当分は〝天邪鬼《アマンジャク》〟に悩まされるね」

手際よく分担して作業を進める播磨屋一家の様子を防人リンクで聞きながら、曲がった竜骨の補強で梁を溶接していたハロルドはにんまりと笑う。

――〝L〟破砕の阻止も、こいつらなら何とかできそうだ。そうとも。〈蒼橋〉はおれたちの庭のようなもんじゃないか。〈紅天〉のヤツらの好きにはさせねぇ。

位置取りを済ませた甚平は、回転する辰美の採鉱艇に、慎重に狙いをつけた。採鉱艇は戦闘艦と違い、装甲らしい装甲はない。うかつなところに当てると、回転は止まったが採鉱艇はバラバラになってしまった、となりかねない。

「となると……すまねぇな、辰美。おまえさんの自慢の逸物、へし折らせてもらうわ」

採鉱艇の先端から突き出た、パチンコ《リニアガン》の砲身。辰美のそれは、初速を上げるために誘導砲身が通常の二倍近くになっている。消費電力が上がる、過熱の問題で長時間の連射ができない、など癖の多い砲身だが、辰美は平時でも戦時でも、それを見事に使いこなしてきた。加速しながらすれ違いざまに必中弾をたたきこむ勇姿からついたあだ名が〝流鏑馬《やぶさめ》の辰美〟である。

その辰美自慢の砲身に狙いを定め、甚平は自らのパチンコ《リニアガン》を弾く。一発。二発。三発。そして四発目からは目にも止まらぬ速度での連射。すり鉢のような動きをしていた採鉱艇の回転が安定し、コクピット部分に描かれた〝生駒屋見参〟という飾り文字が読めるまでになる。

「音羽屋《おとわや》。頼むぞ」

「分かりました。やってみましょう」

射線から離れた方角から近づいた忠信の採鉱艇が収納式のアームを伸ばして辰美の採鉱艇を摑んだ。姿勢制御噴射《スラスタ》を噴かして押さえこもうとするが、慣性が大きくアームの方が先にへし折れそうになる。

「やはり、完全に止めるのは無理ですね。甚平さん、乗りこんでください」

「分かった。まさか一日に二度もEVA《船外作業》をする羽目になるとは思わなかったぜ」

そこまで口にして、甚平は顔をしかめる。二度あることは三度ある。現在M区にいる一八チームのほぼ半数が、対消滅弾の影響で中破以上の損害を受けている。

そして増援の可能性は、ほぼゼロだ。もちろん、防人リンクにそのような情報はいっさい流れていない。匂わせるようなことすらだ。

だが、リングを知り尽くしたベテラン採鉱師《やまし》チームだからこそ、その全員が分かっていた。

——こんな荒れてるM区の中に入れる腕のあるヤツはおれたちだけしかいない。おれたちが、何とかするしかない。

何とかできなかった時、〈蒼橋〉という彼らの故郷は消える。H区の精錬施設と腕のいい職人だけが残っても、職人を支える普通の人たちがいなくなれば、故郷としての〈蒼橋〉は死ぬのだ。

内部の気密が保たれているのを確認してからハッチをくぐりぬけ、辰美の艇内に入る。回転を落としたおかげで、身体が壁、あるいは天井に押さえつけられる危険はない。

「といっても、うえ。気分が悪いな、こりゃ」

採鉱艇サイズの物体が回転していると、頭の方と手足の先の方では、遠心力による力のかかり具合が違う。常に斜めに落ちている、という錯覚が起き、無重力に馴れている採鉱《やま》師《し》であってもめまいに襲われる。

「さて、と。辰美のヤツは……お、いたいた」

辰美は機材の隙間に、胎児のように丸まった状態ではまりこんでいた。甚平は引っ張り出して頬をぺちぺち叩く。

「おい、辰美。起きろ」

「ん……あ……お義兄《にい》ちゃん？」

意識を取り戻した辰美が、ぼんやりとした、無警戒な表情で呟く。子供の頃の呼び名に、甚平は顔を赤らめて辰美の鼻をつまむ。

「お義兄ちゃんじゃねーよ。おら、起きろ」

「んが。……じ、甚平っ？　なんでおまえがオレの艇《フネ》に？」

顔を真っ赤にし、目玉をひんむいて辰美が叫ぶ。それから周囲を見まわし、ため息をつく。

「やっぱ、やられちまったか。ハロルドの旦那は？」

「無事だ。腹にくらって艇《フネ》の竜骨が曲がっちまったが、自力で脱出は可能だ。おまえさんも、ハロルドの旦那の艇《フネ》に移乗しろ」

「いや、オレは行かない」

「行かないって言ってもよ。この艇《フネ》じゃ、もう無理だ」

「分かってるよ。だからおまえの艇《フネ》に行く」

辰美はさらりと、とんでもないことを言い出した。

「かまわねえ、乗せてやれ。艇《フネ》は一隻しかなくても、腕のいい〝露払い〟の交代要員がいるのは助かる」

泣きついた甚平に、源治はあっさりと答えた。

「不甲斐ないおれらの代わりと言っちゃあなんだが、生駒屋の姉御だけでも一緒に連れていってやってくれ」

ハロルドにまで、そう言われては甚平としても断れない。こうして播磨屋は〝露払い〟二名体制で〝L〟に向かうことになった。


そのころ、〝簪山《かんざしやま》〟の弁務官事務所では、ムックホッファとロケ松が不眠不休で情報収集と分析に当たっていた。情報収集といっても、弁務官事務所で椅子に座ってるだけで、連邦宇宙軍や連邦外交部、有力星系から情報は洪水のように流れてくる。

「末富大尉が到着するのはいつだ？」

「蒼雪《あおのゆき》からですので、あと一週間はかかるかと」

〈紅天〉星系との停戦の条件として、連邦宇宙軍平和維持艦隊は〈蒼橋〉から撤退している。しかし、旧キッチナー艦隊で、損傷が特に大きかった重巡航艦《トリスメギストス》は超空間航行《ジャンプ》が今なお出来ない状態にあり、第一〇八任務部隊所属の工作艦《ボナシュー》と共に、蒼雪で修理にあたっている。整備補給担当参謀である末富大尉は、工作艦に乗りこんで《トリスメギストス》の修理にかかっていたが、ムックホッファが直々《じきじき》に連邦外交部に頼みこみ、弁務官付きの武官に回してもらったのだ。

「先ほど、連絡船から通信でメールがありました。赴任前に勉強しておきたいってことで、情報を送っておきました」

「何を送ったんだ？」

「リクエストがあったのは、〈紅天〉本星の情報です。といっても、まだ正式に赴任はしていませんし、無線ですからね。規則に従い、公開情報だけです」

「連絡船には、高次空間通信《HDSN》は搭載されていなかったな？」

「はい。今後、合金《アロイ》が出回るようになったら、連絡船や、ここの採鉱艇のような船でも、高次空間通信《HDSN》がのっけられるようになるんでしょうなぁ」

「その未来のためにも、われわれがしっかり本件を終わらせねばならん。それにしても……

…」

　ムックホッファは、大きくため息をついた。

「〈紅天〉が、こんな形で対消滅弾を使うとは思わなかったよ。もし使うなら、もっと追いつめられて自棄になってから、だと思っていた」

「考えてみればありがたい話ですぜ。これで、機動戦艦部隊の出動は確実だ」

「現在、機動戦艦部隊を編成に含む艦隊は？」

「第七戦略艦隊です。三個機動戦艦部隊を全部演習で動かしてますから、二週間でこっちまで来れますぜ」

「演習で？　機動戦艦部隊の三個全部が？」

ムックホッファは驚いて聞きなおした。

機動戦艦部隊を編制の中に含む艦隊は戦略艦隊と呼ばれる。編制上では一個戦略艦隊には、三個機動戦艦部隊が含まれる。

海賊退治や平和維持任務が中心となった今の連邦宇宙軍では、機動戦艦部隊が実戦に出る機会はまずない。ほとんどの時間を、〈星湖〉基地の軌道上で待機状態で過ごす。動くのは演習の時だけだが、それすら莫大な金がかかるので、通常は一個機動戦艦部隊のみを動かし、残りの二個機動戦艦部隊は待機状態のままとする。

「キッチナー中将が〈紅天〉星系軍に奇襲された翌日、三個全部を動かして演習することに決まったんですよ。場所も〈紅天〉の勢力圏に近い無人の星系ってことになって」

「なるほど。キッチナー中将と同じことを考えた人が、〈星湖〉基地にもいたのだな」

莫大な金と人材を費やして連邦宇宙軍が機動戦艦部隊を保有し続けているのは、いざという時のためである。そのいざという時がいつ起きるかは誰にも分からない。

「それで、〝L〟破砕ですが。やはり、低周波による固有振動でバラバラにしようって寸法のようですな。完全な破砕に要する時間は八〇〇時間ですが、四〇〇時間を過ぎてからは、脆《もろ》くなった〝L〟に対消滅弾を仕掛けることで、〈蒼橋〉に壊滅的な被害をもたらす規模の〝天邪鬼《アマンジャク》〟が発生するそうです」

「すでに二発の対消滅弾を使ったのだ。この先、対消滅弾を使うこともためらわないだろう。タイムリミットは四〇〇時間か……第七戦略艦隊は間に合うか？」

「演習中の無人星系から〈蒼橋〉跳躍点までは二週間。そこからさらに〈蒼橋〉まで来るとなると、さらに三週間。八〇〇時間をオーバーしちまいます」

「第七戦略艦隊による〝L〟破砕阻止は、どうやっても不可能か」

「飛び散る〝L〟の破片を、機動戦艦部隊の砲撃で蒸発させることならできそうですが……そっちは義勇軍に任せるしかありませんぜ」

「ふむン……熊倉大尉、妙に自信ありげだな？　彼らが成功すると信じているようだが」

「理由があるわけじゃないンですがね。〝L〟を割るってのは、軍事作戦というよりは、技術者、職人の仕事だ。そして職人として見るなら、〈紅天〉よりも〈蒼橋〉の方が絶対に上です」

その言葉に、ムックホッファは何かに気がついたように目を瞬かせた。

「……なあ、熊倉大尉」

「なんでしょう」

「どうしてなんだろうか？」

「は？」

「どうして、〈蒼橋〉は職人の星なんだろうな。何がこの星を、そんな風にしたのだろう」

ロケ松は答えなかった。ムックホッファは答えを求めたのではなく、そこから何かを考えていることが分かったからだ。

ムックホッファは考え続ける。

連邦外交部から高次空間通信《HDSN》で第七戦略艦隊に出動命令が下ったことが届いたのは、それから間もなくのことだった。

9

アンテナをめいっぱい大きく広げた〝旗士〟仕様の採鉱艇が〝L〟へと接近する。

小刻みに軌道変更を繰り返しながら〝L〟をぐるり、と一周した採鉱艇が、さらに二周目に入った瞬間。

ばばっ、と、傘に雨粒が降り注ぐように、大きく広げたアンテナに無数の小石とおぼしきものが衝突した。薄い金属製のアンテナは即座に穴だらけとなって機能を停止する。もちろん、それだけで済むはずがない。小石の雨粒は採鉱艇本体にも衝突。推進剤《アイス》タンクにもアンテナ同様に無数の穴があく。さすがに機関は頑丈に作られていて、火花を散らすものの穴まではあかない。操縦区画はしばらくこの豪雨に耐えていたが、やがて耐えきれずにぱっ、と薄い霧を吹き出した。気密が破れ、漏れた空気の水蒸気が一瞬で凍り付いたのだ。

コントロールを失った採鉱艇はくるくると回転しながら慣性飛行を続け、岩塊と衝突して潰れた。

「わたしの艇《フネ》が……」

弁天屋万太郎《べんてんやまんたろう》が乗る〝車曳き〟仕様の採鉱艇の中で、たったいま潰れた採鉱艇の持ち主がそう呟いた。

「すまないな、弁天屋の……夢子《ゆめこ》ちゃんだったか。貧乏クジをひかせて」

防人《さきもり》リンクで万太郎に謝ったのは、播磨屋源治《はりまやげんじ》である。

「いや、仕方ない。夢子の艇《フネ》は主機関がぶっ壊れてたからな。M区から脱出するのはどっちにしろ無理だった」

余分な推進剤《アイス》タンクの燃料と乗員は万太郎の採鉱艇に移して軽くし、遠隔操作で〝L〟へ送りこんだのである。

「わたしの艇《フネ》……」

恨めしそうに呟き続ける〝旗士〟の娘の頭を撫でながら、万太郎は源治と会話を続ける。

「観測データは、防人リンクで、そっちの〝旗士〟と〝一粒山《ひとつぶやま》〟の両方に転送した。解析すれば〈紅天《こうてん》〉のやつらがどんな風に〝L〟を砕く作業しているか、分かるはずだ」

「通信は突然途切れたみたいだが、何があったか分かるか？」

「無人で動かしていたから、たしかなことは言えないが――」

「浮遊砲台」

万太郎に代わって答えたのは、〝旗士〟の娘だった。チームの人間以外とは滅多に会話を交わさないが、艇《フネ》を破壊された恨みがあるのだろう。いつになく強い口調で続けた。

「使い捨て型の浮遊砲台を〝L〟の周囲に浮かべておいて、近づいたわたしの採鉱艇に散弾を発射した」

「衝突したのが岩塊《ヤマ》ではないという根拠は？」

「相対速度が大きすぎる。直前になっても衝突を予測できなかった点を考えると、相対速度は最低でも秒速で三〇㎞を超える。そんな速度で〝L〟周辺にとどまれるはずがない」

「そいつは道理だな。どこに浮かんでいるか分かるか？」

「おそらく……こんな風に〝L〟と同期して飛んでいる」

夢子が〝L〟の周囲に浮遊砲台の軌道をプロットしたデータを源治に送る。

「昇介《しょうすけ》、どう思う？」

「夢子先輩の言うとおりだと思う。威力が大きすぎるのが、気になるけど」

「〝L〟破砕を止めるには、まず浮遊砲台を何とかしなきゃいかんな。播磨屋、どうする？」

万太郎は源治に聞いた。御隠居司令長官からの命令で、M区に入った一八の採鉱師《やまし》チームの現場指揮官はハイネマン中佐こと播磨屋源治となっている。

「〝露払い〟で浮遊砲台を落とすしかないが……こりゃ、うかつに近づくと、別の浮遊砲台から狙撃されるな」

夢子の〝旗士〟仕様採鉱艇が撃墜されるまでに観測したデータによると、浮遊砲台の数は八基。たがいに死角を補う形で〝L〟を取り囲んでおり、どの方角から近づいても迎撃される。

「こいつは多方向から手分けして同時に全部狙撃するしかないぜ」

甚平《じんぺい》の提案に、源治はしばし腕組みをして考えこんだ。やがて、ふと思い立ち、艇《フネ》の中にいる、三人目の人物へ目を向ける。

「八重《やえ》さん。あんたに聞くのは酷かもしれねえが、何か知らないか」

意識を取り戻してからも、ずっと黙りこくっていた八重は、ここでも無言のまま首を左右に振った。面《おも》やつれはしても、しっとりと色気のある八重がそんな仕草をすると、源治としても重ねて問うのははばかられた。

——越後屋《えちごや》のヤツ、何が不満で八重さんみたいにできた女性を捨てやがったんだ。

もし自分が逆に、〈紅天〉星系に間諜として潜りこんだと考えてみる。一〇年たてば、どうなるだろう。馴染みの店ができ、友人ができ、家族もできる。そのすべてを捨てられるほど、自分は〈蒼橋《あおのはし》〉に忠誠を誓っているだろうか？

——無理だな。もし〈蒼橋〉から〈紅天〉の都市を焼いてしまえ、なんて命令されたら、おれは絶対に裏切るぜ。

越後屋景清《えちごやかげきよ》は人間としてはイヤなやつだった。だが、採鉱師《やまし》としての腕は良かった。頭も切れ、度胸もあった。でなければ、蒼橋義勇軍の少佐になったりはしなかったろう。八重は何も話さないが、漂流した八重を拾った採鉱艇の軌道から考えて、景清が〈紅天〉の工作母艦と合流し、〝L〟で破砕の作業をしていることは確実だった。それも、彼の知識と経験からして、作業チームのリーダーであることは間違いない。

——越後屋。おまえ、何がしたいんだ？　〝L〟を破砕して、〈蒼橋〉をムチャクチャにして、それで満足なのか？

握りしめた源治の拳に、白い小さな手が重なった。小雪《こゆき》の手だった。

源治が顔を向けると、小雪は無言のまま首を縦に振った。源治の中の迷いを知り、その上で、彼の後押しをしてくれる。小雪が頷いてくれるかぎり、源治は迷いながらも前に進める。

「ありがとよ」

源治が照れくさそうに言うと、小雪の白い顔にぱっと桜色が散る。

その様子を、ふたりの後ろの座席から、八重がまぶしそうに見ていた。


九時間後。

一一隻の〝露払い〟仕様作業艇が、じりじりと〝L〟に接近していた。狙いは、〝L〟ではなく、その同期軌道にある八基の浮遊砲台である。先行する八隻の〝露払い〟が同時に攻撃し、そのすべてをいっきに破壊しようというのだ。

一八組の採鉱師《やまし》による部隊は、現地指揮官の源治の名前をとってハイネマン戦隊と名付けられている。当然、一八隻の〝露払い〟がその中にはいたが、対消滅弾の爆発によって、七隻の〝露払い〟仕様作業艇が失われたのだ。これにより、浮遊砲台一基につき二隻の〝露払い〟を割り当てることはできなかった。

後方から進む三隻の〝露払い〟はバックアップとして、先行する八隻の〝露払い〟が撃ち漏らした浮遊砲台を攻撃する役目を与えられている。

甚平と辰美《たつみ》が乗る《播磨屋弐號》もバックアップである。

「なあ甚平、オレが引き金ひいて、本当にいいのか？」

「ああ。操縦はおれがやる」

〝露払い〟は本来一人乗りである。二人が乗る場合でも、射手と操縦手は兼任で、これは射角の小さな〝露払い〟のパチンコ《リニアガン》ではその方が効率が良いからだ。

「おれたちは撃ち漏らしを狙うから、事前にポジション取りはできない。最悪、かなり悪い角度から狙撃することになる。相当無茶な機動をするし、となると操縦手は別に要《い》る」

「なら、オレが操縦手をやるべきだろう」

「加速で振りまわしながら撃つなら、おれよりおまえの方が上手い。馴れてる前の艇《フネ》なら癖があるから別だが、こりゃ新品同然だからな」

「分かったよ。そこまで言われて引き下がっちゃ、〝流鏑馬《やぶさめ》の辰美《たつみ》〟のふたつ名を返上しなきゃいけない」

「その意気だ」

甚平がニヤリ、と笑う。その顔をまじまじと見つめて、辰美は、はあ、とため息をつく。

「お義兄ちゃんってば、どうしようもないわね」

口の中で呟く。

――その気はまったくないくせに、そんな顔するから、期待しちゃうじゃない。

辰美はぺちん、と自分の頬を叩いて気合いを入れなおした。

二人の関係が、どうなるにしても、まずはこの星系《ほし》の未来を守ることだ。

「じゃあ、操縦は任せたぜ。どんだけブン回してもいいから、射角に入れてくれ」

「おう、その代わり、外したらタダじゃおかねえ」

狭いコクピットの中で、ふたりは歯をむいて笑みを交わした。

一隻の〝露払い〟のさらに後方。八隻の〝旗士〟が〝L〟に向けてアンテナを広げていた。〝露払い〟が狙撃手《スナイパー》だとすれば、〝旗士〟は観測手《スポッター》である。

その中で、最初に異常に気がついたのは、昇介だった。

「赤外線反応？　あ、消えた」

かすかな赤外線反応が〝L〟の近くで発生し、消えた。昇介は、注意深く、〝L〟の表面を走査した。再び同じ赤外線反応は感知されなかったが、そのかわりに、別のものが捉えられた。

「〝L〟から九基目の……違う、新たに四基の浮遊砲台が上昇中！」

衝撃的な情報が、防人リンクを通して伝わる。

一瞬もためらうことなく、源治は怒鳴った。

「作戦中止！　全機離脱しろ！」

――完全に裏をかかれた。

歯がみする思いで、源治は〝旗士〟から送られるセンサーの情報を確認した。

浮遊砲台は機動力が皆無に近く、攻撃に脆《もろ》い。そんなものを、自身も一家を率いていた採鉱師《やまし》である越後屋が、策もなく浮かべているはずがなかったのだ。

「昇介、どうだ？　全員、逃げ切れるか？」

「無理！　先行する〝露払い〟はどうしても、新手の浮遊砲台の射界に捕まるよ！」

先行する〝露払い〟の動きは鈍い。M区深くでは、うかつに加速すると、周囲の岩塊のどれかを避けられなくなる。チームで行動していれば、ほかの艇《フネ》の支援が受けられるが、今は狙撃のために一隻一隻が散り、孤立している。

――孤立？　いや、まだ手はある。

「甚平！　G《グリーン》・G《グリーン》！　サイモン！　新手の浮遊砲台を狙えるか？」

三隻の〝露払い〟は、先行する八隻の後方に位置して、それらが撃ち漏らした浮遊砲台を狙う予定だった。彼らなら新手の浮遊砲台にも対応できる。

「任せてくれ！」

「了解した」

「やってみましょう」

三人は即答した。いずれも、腕は蒼橋義勇軍でもトップクラス。彼らがやれる、というのならば、それは信じるに値する。

そして、三人の〝露払い〟は、見事、期待に応えて新手の浮遊砲台四基を撃墜した。

だが――

先行した八隻の〝露払い〟のうち、二隻が逃げ切る前に浮遊砲台の攻撃を受けて大破。さらに一隻が岩塊と衝突して損傷。乗員は艇《フネ》を捨てて脱出したのである。

源治たちの最初の攻撃が失敗したことは、防人リンクを経由して即座に〝一粒山《ひとつぶやま》〟の御隠居に、そして〝簪山《かんざしやま》〟のムックホッファに届いた。

「苦戦しているようですね」

「こっちは〝露払い〟が三隻失われた。残りは八隻。あっちの浮遊砲台は四基を落としたが残りが何基あるのかが分からねぇ」

「〈紅天〉の工作母艦は四万トン級です。浮遊砲台でしたら、一〇〇基搭載していてもおかしくない」

「面倒な話だ。一基でも残ってるかぎり、うかつに近づけん」

そう言って御隠居は大きくため息をついた。

「まさか、こっちが城攻めをする羽目になるとは」

いっきに老けこんだ様子の御隠居を見て、ムックホッファは蒼橋義勇軍がやはり民兵《アマチュア》の軍隊だということを認識していた。

──彼らには本業がある。時間と人のすべてを、戦争のために費やすことはできない。準備できていない状況に追いこまれると、打つ手がなくなるのだ。

〈蒼橋〉と〝ブリッジ〟という特殊な環境が、〈紅天〉の攻め手を限定し、蒼橋義勇軍はそれにどう対処するかに特化して準備をしてきた。だからこそ、〝L〟の破砕という特殊な作戦を〈紅天〉が持ち出してきた今、打つ手を失っている。

──いや、本当にそうか？　岩塊《ヤマ》を破砕するというのは、軍事的な作戦というよりは、採鉱の手順のようなものだ。これこそ、むしろ義勇軍が……いや、〈蒼橋〉の採鉱師《やまし》が得意とすることではないのか？

ムックホッファは、自分の考えをまとめ、御隠居に話しかけた。

「司令長官、〝L〟の破砕を採鉱師《やまし》の視点で見てはどうでしょう？」

「採鉱師《やまし》の視点？」

「〝L〟が発見されてからこちら、知られていたのは義勇軍の一部とはいえ、採鉱師《やまし》であればそれを採鉱する時のことを、実際にやるかどうかは別として考えたはずです。その時に想定した困難の中に、今、この状況で利用できるものがあるかもしれません」

「そら、わたしらの職業病のようなもんだからな。〝L〟を掘ることについては、わたしも考えたことがある。よし、さっそく皆に聞いてみよう」

それからしばらくの間、防人リンクの中を、義勇軍として〝天邪鬼《アマンジヤク》〟迎撃に出撃している採鉱師《やまし》の会話が飛び交った。〃踏鞴山《たたらやま》〃の職人たちも、アイデアを出す。〃一粒山《ひとつぶやま》〃の引退した老人たちも、知恵を絞った。

そして……。

ひとつのアイデアが、源治たちハイネマン戦隊に届けられた。

「岩塊《ヤマ》をぶつける……か。当たり前といえば、当たり前だな」

源治は顎を撫でた。少しざらつく感触がある。

ちらりと小雪を見ると、小雪は何も言わずに脱毛クリームを渡してきた。

「〃L〃で採鉱をするにあたり、最大の問題となるのは、降り注いでくる岩塊《ヤマ》をどうするか、だ。〃L〃はどうやっても動かせない。〃L〃で作業中の採鉱師《やまし》も、逃げられない。理屈で言えば、そのとおりだ。だから、〃車曳き〃が岩塊《ヤマ》を運んできて〈紅天〉のやつらの頭に落とせば、決着はつく……筋は通ってる」

無精髭をそぎ取りながら、源治は言葉にすることで、考えをまとめた。同時に、違和感の正体に気がつく。

「でも、筋が通りすぎている、ですね？」

小雪が後を継いだ。

「ああ。〈紅天〉の連中だけならともかく、越後屋がいて、そこに気がつかないはずがない」

「浮遊砲台で〝露払い〟の役をさせるつもりじゃないかな？」

防人リンクで昇介が意見を出す。

「けどよ、でかい岩塊《ヤマ》を一度に一〇個も放りこめば浮遊砲台くらいじゃ、軌道を逸らせられないぞ」

こちらは、甚平。続いて甚平の横から辰美が割りこむ。

「浮遊砲台の弱点は、バッテリーだ。連続で射撃したら、弾よりも電力が尽きるぜ」

三隻の〝露払い〟を失った最初の交戦で、そのことに気がついたのは後方で状況を観測していた〝旗士〟の夢子だった。

「交戦の最初と最後で……浮遊砲台の発射した弾の速度が二〇パーセント落ちていた……浮遊砲台は無人で腕が落ちるのを重量の大きい散弾でカバーしているから……どうしても電力の消費が激しい……」

その後しばらく意見の交換が続き、全員の意見を総合しても、岩塊《ヤマ》を用いる作戦に、重大な問題点は見つからなかった。

岩塊による飽和爆撃。四万トン級の工作母艦は破壊できなくとも、低周波を発信している作業艇はこれで破壊できる。

後は源治の決断だけだった。

〝L〟破砕まで、時間にはまだ余裕がある。だが、いくらM区とはいえ、〝L〟の周囲に限れば爆撃に手頃な岩塊はそうはない。岩塊を見繕い、ほかの岩塊に接触しないよう注意しながら、充分に加速して放り投げるのにかかる時間は最低でも二〇〇時間。

──チャンスは一度きり。つまり、〈紅天〉は……いや、越後屋景清は、その一度を逃げ切れば、〝L〟を破砕できる。

源治は越後屋との、これまでのやりとりを思い出した。そのほとんどがケンカで、若い頃は殴り合いもしている。

──あいつは、イヤなやつだ。だから……絶対に何か、仕掛けてるはずだ。

源治は確信していた。このまま岩塊《ヤマ》落としをすれば、間違いなく自分が負けると。しかし、越後屋景清の仕掛けが分からない。

「播磨屋さん」

悩む源治に声をかけたのは、八重だった。

「あの人はね、景清さんはね、播磨屋さんと決着をつけるために、〝L〟にいるンだと思います」

「おれと？」

「はい。あの人はね、子供のようなところがあるんです。たぶん今も、〝L〟が壊れたらどうなるのか、なんて本当のところは、分かっちゃいないと思います」

八重は、蒼北市《あおきたし》へ岩塊《ヤマ》を落とそうとした景清の行動を思い出していた。

——あの時、あの人が気にしていたのは、これで播磨屋源治の顔に泥を塗れるということだけだった。自分の故郷の〈紅天〉の住人、それも女子供が半数を占める蒼北市を爆撃することを、気にもしなかった。

「だから……わたしに任せてくれはしませんかね」

八重はうっすらと微笑んで、言った。


その頃、〝L〟にアンカーを撃ちこんで固定した工作母艦の中では、越後屋景清——その名前で源治たちが知る男は、無精髭に覆われた顔を不愉快そうに歪めていた。

低出力の家内無線《ないせん》は遠距離まで届かないから、厳密に周波数が分けられているわけではない。しかし、おもだった採鉱師《やまし》は一家ごとに違っており、越後屋も自分の周波数を持っていた。

固有振動で〝L〟破砕を仕掛ける六隻の作業船はすでに稼働中で、低周波を〝L〟内部に送りこんでいる。

「はい。暗号化はされていませんでした。こちらになります」

素人軍隊ハ岩塊ヲ〝L〟ニブツケル狙イ。指揮官ハ甲斐性ナシ

再生された合成音声を聞いて、景清の眼光が鋭くなる。

「これだけか？」

「はい。一回だけです。謀略かと思いましたが確認をと思いまして」

工作母艦の艦長は大佐で〈紅天〉軍内では強硬派の最右翼である。狂信的な〈紅天〉至上主義者で、対消滅弾の使用すら厭《いと》わない高い忠誠心からこの作戦の指揮官として選ばれた。

だが、これまでの経歴は軍官僚としてのものが中心で、〝L〟破砕の技術的な側面についてはまったく理解していない。実際の作業のすべては、この十年を〈蒼橋〉で採鉱に費やしてきた景清の指揮に任されていた。

「岩塊《ヤマ》を〝L〟にぶつける……ね。そりゃ、そうだろうな。おれだってそうする」

対消滅弾の爆発とその擾乱によって、M区は侵入危険から、侵入不可になった。これは一時的なもので、すぐに新たな安定に入るだろうが、〝L〟破砕の時間は稼げる。大軍で強硬突破できないなら、その代わりを岩塊の驟雨《シャワー》にやらせるのは、当然だった。

「とすると、この通信の内容は本当でしょうか？　謀略ではなく？」

「本当にしろ、嘘にしろ、謀略なのは間違いないだろ。気にするな。廃棄しちまえ」

「はっ！」

作業に戻った景清は、周囲に誰もいないことを確認して吐き捨てるように言った。

「指揮官は甲斐性なしだと……くそっ！」

家内無線《ないせん》による通信を、誰が、何の目的で打ったかは別として、通信文を作ったのが景清を良く知る人物であるのは間違いなかった。

「播磨屋の野郎が指揮官……そうだ。そのくらい、想定の内だ。この通信文に、目新しいものは何も入ってねぇ。わざわざ、言ってくるほどのことは、何も入っちゃいねぇ」

なのに、ひどくイライラする。

――まさか、この通信。おれを不愉快にさせることが目的か？　御隠居なら、そのくらいやりかねないが……ちっ、誇大妄想になりそうだ。

播磨屋源治が〝L〟の周囲を囲む〈蒼橋〉側の指揮官であるのが景清にとって当然であるように、越後屋景清が〝L〟破砕を行なう〈紅天〉側の作業チームの実質的なリーダーになるのは、御隠居にとって自明のことであろう。

――ようは、通信文にこだわって、ヘンなことをしなきゃいいんだ。〈蒼橋〉が岩塊《ヤマ》をぶつけてくるってのは、事前の想定どおりなんだから、こっちも計画に合わせて作業を続ければいい。

工作母艦の中を、警報が鳴り響いた。景清はぎょっとして顔を上げ、そして警報の内容を確認して安堵のため息をつく。

〝L〟周辺は、対消滅弾の擾乱で岩塊の軌道が乱れている。それは、〈紅天〉側にとって良いことばかりではない。蒼橋義勇軍が何もしなくても、時には危険なサイズの岩塊《ヤマ》が〝L〟と衝突し、作業を妨害するからだ。

今の警報の内容は、事前にマークされていた岩塊のひとつが、〝L〟に接近してきたことを伝えるものだった。

――大丈夫だ。そういう岩塊《ヤマ》が来ても、何とかできるよう、この作戦は組んであるんだからな。

岩塊をそらすため、〝L〟周辺に浮かぶ浮遊砲台が砲撃を開始する。

――七号砲台のバッテリーが落ちてきたな。これが終わったら早めに充電をしておくか。

平常心を保つため、景清は作業に没頭した。どんな小さな問題も、早期に解決しておくべく、細かく指示を出す。

そして景清がそうなることこそが、八重の狙いだった。

10

連邦のマークをつけた連絡船が、一般の航路は閉鎖されたままの〝簪山《かんざしやま》〟から出港した。船尾にはずらりと束ねたブースターが三段に重なって増設されている。

「問題が山積みの中、しばらく〈蒼橋《あおのはし》〉を離れることになって申しわけありません。何かありましたら、末富《すえとみ》補佐官までお願いします」

連絡船から〝一粒山《ひとつぶやま》〟の御隠居に挨拶するのは、赴任してまだ一ヵ月と経っていないムックホッファ弁務官である。

「留守にすると言っても、〈蒼橋〉弁務官は続けるんだろ？」

「はい。特例を重ねる形になりますが、弁務官も兼務ということで」

間もなく第七戦略艦隊が〈蒼橋〉跳躍点に到着する。ムックホッファは、連邦安全保障委員会の特使としてこれに乗りこみ、〈紅天《こうてん》〉へと向かうことになっていた。

「連邦のようにデカい組織にこれだけ例外を重ねさせるたぁ、対消滅弾の威力、恐るべしだな」

「〝L〟破砕の阻止については、義勇軍にお任せすることになりますが……」

「安心して任せてくれ……とは言えないのが残念だ。だが、こっちも無策ってわけじゃない。弁務官が跳躍点に着く頃には、結果は出てると思うぜ」

「この作戦が成功すれば、ハイネマン中佐には連邦名誉勲章を申請しますよ」

「そいつはいい。大将が本気でいやがる顔が見られれそうだ。結婚式のいい引き出物になるだろうよ」

「結婚？　なるほど、それは良いことです。それでは」

御隠居との通信を切ったムックホッファは、ほとんど入れ替わりとなる末富大尉と出発前の最後の打ち合わせを始めた。

「引き継ぎ書にもあるが、義勇軍の〝Ｌ〟破砕阻止が失敗した時だが――第七戦略艦隊から、一個機動戦艦部隊を〈蒼橋〉に差し向ける手はずになっている」

末富大尉は、その、品の良い眉毛を寄せて、怪訝な顔になった。

「一個戦隊だけ、ですか？　連邦宇宙軍統合参謀本部の見立てでは、〝Ｌ〟破砕によって発生するであろうＩ　Ｏ《Irregular Object》をすべて迎撃するには、三個機動戦艦部隊すべてが必要になるだろう、とのことでしたが……」

「時間がない。時間をかければ〈紅天〉問題がどこまで波及するか不明だ。すでに、いくつかの星系が軍を動員しはじめている。

対消滅弾を使ったことで、東銀河連邦の内部に〈紅天〉を連邦の敵《パブリックエネミー》と見なす世論が醸成《じょうせい》されはじめている。安全保障委員会が機動戦艦部隊の出動を許可したのは、〈紅天〉への武力懲罰を私的に行なおうとする星系への圧力という側面もあるのだ」

「それは分かります、ですが、一個戦隊では……」

「蒼北《あおきた》と蒼南《あおみなみ》両市、そして〝簪山《かんざしやま》〟の住人を脱出させるまでの時間稼ぎなら、それで充分だ。問題なのは戦力ではない、時間だ。

以後は災害復旧のため〈蒼橋〉は連邦直轄星系となる。そうなった時に備えて準備をしておいてくれ」

ムックホッファの顔は暗い。手を回して機動戦艦部隊を引っ張り出すことに成功はしたものの、その代償として連邦がその見返りを求めることもまた、避けられない。〈蒼橋〉が連邦直轄星系となれば、〈合金〉の利権は連邦が独占する。

「混乱に乗じて、利権を掌中に収めようと、有力星系の……そして連邦宇宙軍の内部でも動きがあるだろう。何を決めるにしても、出来るだけ、先延ばしにしてくれ。復旧の目処がつくまでは、どのような利権の分配も許さないように」

「分かりました。規則や事例を細目まで洗い出しておきます」

「頼む。わたしもこの船内でできるだけ調べておくつもりだ」

末富大尉は痛々しそうな表情を浮かべて言った。

「無理はなさらないでください。あの連絡船は、跳躍点までほぼ二G、最大で三Gまで加速します」

「いや、自分で招いたことだ。そこは甘んじるさ」

ムックホッファは、そう言って微笑みを浮かべて見せた。

〈蒼橋〉を留守にする期間をできるだけ短くするため、ぎりぎりまで〝簪山《かんざしやま》〟に残って仕事をしたツケを、ムックホッファは、これから自らの肉体にかかる負荷で払うのだ。

その結果が明らかになる時は、刻一刻と迫っていた。

ムックホッファの乗った連絡船が増設ブースターの青白い炎をあげて〈蒼橋〉を離れてから数日が経過した。

〈紅天〉の特務工作部隊は、いよいよ〝Ｌ〟破砕の最終段階に取りかかりつつあった。六隻の作業艇から送られる低周波による固有振動の発生から三〇〇時間あまりが経過。外から見れば変わらず堅牢に見える〝Ｌ〟だが共振による疲労は内部に蓄積されつつあった。低周波による共振と並行して掘り進んだ坑道の奥には、すでに対消滅弾が設置されている。あと一〇〇時間。その後に対消滅弾を爆破すれば、〝Ｌ〟は粉々に砕け散る。先の対消滅弾による擾乱とは比べものにならない規模のＩＯ《Irregular Object》が発生し、〈蒼橋〉の地表とＬ区を蹂躙《じゅうりん》するだろう。

その時が近づくにつれ、〈紅天〉特殊工作部隊のメンバーの間で疑問が大きくなってきた。彼らは四交代で二四時間、二週間もの間〝Ｌ〟で神経をすり減らす作業を続けてきた。どれだけ準備を重ねたといっても、秘密の破壊工作であるからには現場での一発勝負だ。この三〇〇時間でいくつもの技術的な問題や事故が発生し、重傷者も出ている。そのすべてを乗り越えて彼らは〝Ｌ〟破砕まであと一歩まで迫ることができた。

「義勇軍の動きはどうだ？」

異音が轟く低周波発信作業艇の中、戦闘口糧のパックを口に運びつつ、越後屋景清《えちごやかげきよ》は工作母艦にいる部下に聞いた。艇全体が振動でオンオンと唸っており、隣の人間と会話をするにもカフを上げて通信網を経由しなくてはいけないほどだ。

「ありません。そちらの修理は？」

「終わった。スケジュールの遅延は四時間くらいだな。修正は可能だ」

三名の作業員が大けがをして、冬眠カプセルに入ることになったことは口にしなかった。

「お疲れ様です」

「それより、義勇軍だ。やつらも、タイムリミットは分かってるはずだ。何もしないわけがない。計画では、とっくに岩塊《ヤマ》による第一派攻撃が行なわれているはずだぞ」

「準備に手間取っているのかもしれません。対消滅弾による擾乱で、M区内の岩塊《ヤマ》の軌道が乱れて危険になっていますから」

「義勇軍の連中をなめるな。やつらは軍隊としては素人だが、軌道上での採鉱については東銀河連邦随一のプロフェッショナルの集団だ。むしろ、こちらの誘いに気がついたと考えるべきだろう」

「まさか……」

「違うかもしれない。だが、あまりに時間がかかりすぎている。これは、義勇軍がすでに気がついていると考えるべきだ」

〝L〟にはりついて動けない〈紅天〉工作艇へ、岩塊による飽和攻撃をかける。それによって工作艇を破壊するか、あるいは岩塊を盾にして白兵戦部隊を送りこんでくるかは状況しだいだが、蒼橋義勇軍がそのような作戦を立てるであろうことは、〈紅天〉側の実質的な現場指揮官である越後屋景清には自明のことだった。

「では、われわれはどのようにすれば？」

「心配するな。三〇〇時間が経過した今になっても、一個の岩塊《ヤマ》も落ちてこないことで、やつらの打つ手は想像がついた。やつらはとびっきりでかい岩塊《ヤマ》を用意してるはずだ。こちらの浮遊砲台の迎撃でも、進路をそらせられないような」

　景清はしょぼつく目を閉じた。まぶたの裏に、この十年の間にやった〝車曳き〟の仕事が浮かぶ。今この瞬間も播磨屋源治《はりまやげんじ》が岩塊《ヤマ》を必死に押しているのが、景清には手に取るように分かった。

「――――！――――！」

　作業の疲労で、意識が遠くなっていたのかもしれない。景清は自分の名前を呼ぶ声にしばらく気がつかなかった。

　――いや――

「すまん、ちょっと、ぼうっとしていた」

――気がつかなかったのは、本名を呼ばれたから、か。

〈蒼橋〉に来てからずっと、景清の名前を使ってきた。伝統ある越後屋の号を継いだ時には、得意ですらあった。

任務のための偽りの名前と屋号であり、今となってはもう二度と名乗ることも呼ばれることもないはずの名前だった。

「仮眠をとってくる。何かあったら起こしてくれ」

景清にはひとつだけ、確信があった。

今この時も、播磨屋源治が寝不足だということである。

越後屋景清の推測は、完全に当たっていた。

「源治さん！　右のアームが！」

「おっといけねえ」

《播磨屋壱號》の艇内。睡眠不足がたたって手元の操作を誤ったため、岩塊《ヤマ》を押す左右のアームにかかる負荷のバランスが崩れたのだ。

「ここはわたしがやりますから、源治さんは仮眠をとってください」

後ろから声をかけたのは、八重《やえ》だった。

「できるのか？」

「結婚するまでは、自分で握ってましたから。越後屋の看板相応には扱えます」

「分かった。それじゃ頼む」

源治が仮眠のために操縦室を離れると、小雪《こゆき》と八重、残された女ふたりの間に奇妙な緊張感が生まれた。

岩塊《ヤマ》を押すアームを操作しながら、八重は小雪に語りかけた。

「良い人ですね、源治さんは。腕もいいし、度胸もある。そして、女を包みこむ度量もある」

「はい……そう、思います」

八重とふたりになると、小雪は息苦しく感じる。八重を嫌うほどたがいを知っているわけではないが、作業衣の上からでも感じられる八重の艶《なまめ》かしさは、小雪には生涯縁がなさそうで、そこに苦手意識が働くのだ。

「やはり、そういう風に見られるのですね」

「は？」

まるで内心の思いを見透かされたかのような八重の物言いに、小雪は椅子の中で飛び上がりそうになった。重い岩塊《ヤマ》を押しているせいで艇内は無重力に近く、ちょっとした動きが大きく出てしまう。

「その、えと。何を……」

「安心してくださいな。わたしは源治さんを取ったりはしませんよ」

「そんなこと……」

「いいんですよ。なぜでしょうね。わたしはそういう女に見られやすいようです。あの人……景清からも、そんな風に見られてましたから」

「あの……どうして……」

——どうして、景清さんと結婚されたのですか？

そう口にしかけている自分に気がつき、小雪はあわてて首を左右に振った。あまりに立ち入った質問だったし、何よりその景清は今、この岩塊《ヤマ》を落とそうとしている〝L〟の上にいるのだ。場合によってはこの岩塊《ヤマ》で押しつぶして殺してしまうことになる。

「可愛いからですよ」

けれど、そんな小雪の気持ちすら、八重からはお見通しだったのか。八重は笑みを含んだ声で言った。

「可愛い、ですか？」

小雪自身は、景清について深く知る立場にはない。源治と仲が悪い採鉱師《やまし》、ということもあり、直接会話をしたことすら、数えるほどだ。

鋭い眼光を持った怖い男、というのが小雪の知る景清の印象である。

「可愛いじゃないですか。なめられちゃいけない、馴れ合ってもいけない、っていつもひとりでカッコつけて」

「そういうものですか……」

小雪にはまったく理解できない心情だった。

「でも、その可愛いところが源治さんには我慢できなかったんでしょうね。あれだけ度量が大きい人なのに、景清にだけは、やたらと突っかかるんですよ」

「ああ……はい。分かります」

「源治さんには、景清のカッコつけたがるところが、子供のように見えたんでしょうね。そして景清は、そんな風に自分をガキのように見る源治さんが我慢ならなかった。本当、可愛い人でした」

八重がころころと笑う。小雪は思いきって聞いてみた。

「景清さんは、どうするでしょうか？　この岩塊《ヤマ》がその……自分の上に落ちてきた時に」

八重の唇から笑みが消えた。

「死のうとするでしょうね」

八重は静かに答えた。

〝L〟破砕可能時点まで残り五〇時間を切った時、ようやく蒼橋義勇軍の攻撃が始まった。

景清は工作母艦の機関室でその報告を受けた。

「岩塊《ヤマ》だと？　サイズは？」

「長径で三〇から五〇メートルです。数はおよそ三〇！」

「小さすぎるな。数も少ない」

「狙いは、浮遊砲台のようです」

「まずは小手調べか。いいだろう、全力で迎撃しろ」

「残りの浮遊砲台も出しますか？」

「手の内はまだ明かすな。どうせ何か隠し球があるに違いない」

景清は髭面を歪めてうれしそうに笑った。

この時点で浮遊砲台は九基が浮かんでいた。当初浮かべていた八基の浮遊砲台のうち、今も生き残っているのは四基だけ。残りの半分は岩塊《ヤマ》との衝突と故障によって失われた。収まりつつあるとはいえ、対消滅弾による擾乱はまだ続いている。蒼橋義勇軍の攻撃がない間も、〝露払い〟としての役目は続いていたのである。

九基の浮遊砲台は、接近する三〇個の岩塊に向けて三基ずつのチームを組んだ。岩塊を一個ずつ、確実にそらすためである。

連続した散弾のシャワーを浴び、一個、また一個と岩塊は〝L〟との衝突軌道を離れていく。

衝突軌道からそれた岩塊は、攻撃の対象からはずれる。散弾で穿《うが》たれた穴から微細な破片をまき散らしながら、岩塊が〝L〟から遠ざかっていく。浮遊砲台の砲身が、次の標的へと照準される。まさに、その時。

「GANG HO！」

岩塊《ヤマ》の陰から、狙い澄ましたパチンコ《リニアガン》の一撃が、浮遊砲台のどてっ腹を打ち抜いた。砲身が割れ、あおりを食らって浮遊砲台が横転する。続いて二発。もう一基の浮遊砲台がバッテリーを打ち抜かれて無力化する。

神業のような攻撃は甚平《じんぺい》と辰美《たつみ》が乗る《播磨屋弐號》である。

三基目の浮遊砲台は何とか反撃の一発を放つが、岩塊を盾にした《播磨屋弐號》には当たらない。お返しに辰美がパチンコ《リニアガン》で始末する。

「よし、ノルマ達成！　逃げるぞ、辰美！」

「まだ狙えるぞ？　ちょい軌道順方向へ加速すれば、もう三基、射線に乗る」

「ダメだ。こっちは岩塊《ヤマ》を盾にしてんだ。離れたら、散弾で集中砲火だ」

「ちぇ、分かったよ」

どれだけ腕のいい〝露払い〟といっても、その腕は当てることに特化している。〝露払い〟仕様の採鉱艇は、パチンコ《リニアガン》を搭載しているとはいっても、あくまで作業艇であり、戦闘機ではない。狙われたら逃げられないし、撃たれたら終わりなのだ。

——そういう意味じゃ、危険なのはおれたちじゃなくて、GG《グリーン・グリーン》の旦那だな。

甚平は、後続の岩塊《ヤマ》に紛れこんでいるGG《グリーン・グリーン》を示すシグナルを確認する。三〇個の岩塊《ヤマ》のうち、〝露払い〟が隠れているのは、二個だけ。それ以上は奇襲効果がなくなり、散弾で蜂の巣にされる、と考えられたからだ。実際、生き残った六基の浮遊砲台は近づく岩塊を、隠れている〝露払い〟ごと粉々に打ち砕かんばかりの勢いで散弾を撃ちまくっている。

──頼むぜ、G《グリーン・グリーン》G。ノルマ果たしたら欲をかくなよ。さっさと逃げちまえ。

甚平の望みは半分かない、半分かなわなかった。

慎重なG《グリーン・グリーン》Gは迎撃をかいくぐって見事に三基の浮遊砲台を破壊した。だが、逃げる途中、〈紅天〉の工作母艦から新たに繰り出された五〇基を超える浮遊砲台の集中砲火を受け、盾にした岩塊ごと粉砕されたのだ。

「そうか、G《グリーン・グリーン》Gが──腕のいい〝露払い〟だったたな。残念だ」

〝一粒山《ひとつぶやま》〟で報告を聞いた御隠居はまぶたを閉じて、一呼吸の間、死んだ男の冥福を祈った。

「おれのミスです。奇襲に徹し、甚平の一回こっきりの攻撃にするべきでした。時間差の攻撃ではなく」

防人リンクを通して聞く源治の声は固い。

「それは違うぞ、ハイネマン中佐。こちらに届く記録を見るかぎり、きみの判断は正しかった」

御隠居はあえて役職名で源治を呼んだ。

「二度目の攻撃で浮遊砲台の三分の二を失ったからこそ、〈紅天〉は残りの浮遊砲台を出し、そして、後続の岩塊《ヤマ》すべてを粉みじんに砕いたのだ。われわれに必要なのは、この結果だ」

「はい……」

「頼むぞ。浮遊砲台の性能に関する推測が正しければ、今の第一波の迎撃で、浮遊砲台のバッテリーは枯渇しているはずだ。次の第二波で……」

「次の第二波で、トドメをさす、くらいに考えてるんだろうな」

まるで防人リンクの御隠居と源治の会話が聞こえたかのように、景清は工作母艦の中でひとり呟いた。

「だが、そうはさせねぇ。義勇軍の手の内が、同じ義勇軍のおれに読めないとでも思ったか。充電を開始しろ！」

「充電開始！」

景清の命令を受け、工作母艦の主機関が唸りをあげる。四万トンの工作母艦を推進するエンジンが生み出す膨大な電力が、マイクロ波に変換されて艦から伝送される。

距離わずか数十キロメートル。浮遊砲台側で扇状に広げられた受信アンテナは、ほとんど減衰されていないマイクロ波を受け取り、これを電力へと変換する。

浮遊砲台を示すアイコンの下の〝バッテリー残量〟を示すゲージが、次々とオレンジ色から緑色に変わる。

「さあ来い！　岩塊《ヤマ》のシャワーが何度来ようが、おれが全部粉砕してやる」

さらに景清は内心で付け加えた。

――今度こそ、おれの勝ちだ、源治。てめぇの泣きっ面がおがめねぇのが、心残りだぜ。

泣きっ面ではないにしても、その時の源治の顔はG《グリーン・グリーン》Gの死もあって暗く、それは昇介《しようすけ》からの朗報を聞いても変わらなかった。

「そうか、充電が行なわれたか。マイクロ波だな？」

「うん。間違いない。送電の途中にあった埃が過熱して赤外線になったから、すぐに分かったよ。間に人が入ったら、宇宙服ごとフライになっちゃうほど、すごい出力だね」

「〝露払い〟の半分もない大きさの浮遊砲台で、散弾のような電力を使うリニアガンを撃ちまくるんだ。いくら電力があっても足りないのは分かってたさ」

〝露払い〟仕様の作業艇は、リニアガンのための発電機を搭載している。だが、浮遊砲台はその電力のすべてをバッテリーに頼っていた。バッテリーが尽きた後の充電をどうするか？

　いちいち、母艦の中に回収するのでは間に合わないこともある。

　そう考えれば、マイクロ波による送電は理の当然だった。

「では、第二波……忠信《ただのぶ》、準備はできたか？」

「はい。準備完了です。さすがに専用の爆薬ってわけじゃありませんから、うまい具合に溶けてくれるかどうかは分かりませんが」

「四個も用意したんだ。一個くらいはうまくいくだろうよ」

　通信を切った後、源治はため息をついた。

　――何年、一緒に採鉱師《やまし》やってきたと思ってる……。

　源治の顔色は冴えない。

「第二波の岩塊群、接近！　サイズは五〇メートルから一〇〇メートル！　数は一七個！」

　その報告を聞いて、景清の自信がわずかに揺らいだ。

「なんだと？　一七個？　陰に隠れているとか、そういうのはないのか？」

「いえ、ありません。少なくとも一時間以内に〝L〟に到達する岩塊は一七個です」

　本命の第二波としては数が少なすぎ、サイズも予想していたよりは小さい。

「ふむ……」

「いかがいたしましょう？」

——つまり、この次の第三波が本命？　飽和攻撃でなければ効果がないのは分かってるはずなのに、わざわざ、もう一段階、波状攻撃を仕掛ける理由はなんだ？

疑問は抱いたが、相談できる相手が景清にはいない。工作母艦の中で、採鉱師《やまし》の経験があるのは景清ひとりだけ。その彼に分からないことが、〈紅天〉出身の軍人に答えられるはずもなかった。

「どういたしましょう？」

重ねて問われ、景清は決断した。

——もしかしたら、向こうでトラブルがあって第二波が二回に分割されたのかもしれない。すでに浮遊砲台は稼働全基を動かしてる。ここで手順を変更する理由はない。出来うる全力でやるまでだ。

「浮遊砲台に命令。岩塊《ヤマ》が粉々に砕けるまで打ち続けろ」

「了解しました」

五〇基を超える浮遊砲台が、接近する岩塊へ散弾のシャワーを浴びせる。一個、また一個と岩塊が砕け散る。

そして八個目の岩塊に浮遊砲台の散弾が撃ちこまれた瞬間。

連続する閃光が、岩塊を内側から輝かせた。閃光が消えた時、岩塊はたなびく高温のガスとなって周囲に広がっていった。

「おい、今の爆発はなんだ？」

景清の問いに、観測員が答えた。

「岩塊に爆薬が仕掛けられていたようです」

「爆薬だと？　何の……」

何のためだ、と聞こうとしてから景清はあわてて口をつぐんだ。理由を問われても、分かるはずがない。

――衝突した時の被害を爆発で大きくするため？　違うな。質量と運動ェネルギーを持つ岩塊《ヤマ》の衝突以上に、被害を大きくするものはない。高温のガスや小さな破片では、簡単な遮蔽で防がれる。

疲労した景清の頭の中で、答えを求めて疑問が渦を巻く。

――目くらまし？　破片とガスをまき散らして、煙幕のかわりに……いや、遠距離での砲撃戦じゃないんだ。こんな近距離での撃ち合いで、破片やガスをまいても、照準に影響はない。そもそも、こっちの攻撃は散弾だし、岩塊《ヤマ》は回避行動なんかとってない。煙幕で隠れても、未来の予測位置に撃てば命中する。

答えが見つからない。思考の迷路に景清ははまりこむ。

——即席の宇宙機雷か？　破片をまき散らすことで浮遊砲台を攻撃する……それにしては、数が中途半端だ。一七個の岩塊《ヤマ》のうち、何個に爆弾が仕掛けてあるかは分からないが、こっちの浮遊砲台は五〇基以上あって、〝L〟を中心に一〇〇キロメートル圏内に散っている。全部宇宙機雷で、狙った場所で爆発しても、浮遊砲台の半分も落とせやしない。

しかし、筋が一番通りやすいのが、宇宙機雷であるのも事実だった。うまく爆発させれば、一基以上の浮遊砲台を無力化できる。一基でも二基でも、浮遊砲台の数を減らせば、続く第三波の攻撃が成功しやすくなる。

景清はカフを上げた。

「この第二波の岩塊攻撃は、内部に仕掛けた爆弾の爆発で破片を生じさせる宇宙機雷と思われる。浮遊砲台全基で一個残らず迎撃せよ！」

景清の命令は即座に実行に移され、完全に履行された。

一七個の岩塊は穴だらけになって砕け散り、そのうち七個は内部に仕掛けた爆弾を破裂させて粉みじんとなった。浮遊砲台には一基の損害も出なかったが、バッテリーはいずれも底を突いた。

「よし、おそらくすぐに第三波が来る……」

景清の言葉にかぶさるように、報告が届く。

「来ました！　岩塊の第三波！　数は六個！　いずれもサイズは二〇〇メートルから三〇

○メートル！」

「よし、本命だな。すぐに浮遊砲台へ充電を……」

景清が指示を出しはじめた……そのとき。

ざあーっ、と、雨粒が降り注ぐ音が、工作母艦の中に伝わってきた。むろん、〝ブリッジ〟の中で雨など降るはずがない。音がしたのであれば、何かが衝突したのだ。それも大きなものではなく、小さな砂粒ほどのものが。

「なんだ、今のは？」

第二波の岩塊《ヤマ》ではない。すべて迎撃した。

第三波の岩塊《ヤマ》でもない。まだそれは遠く離れている。

——いや、本当にそうか？

景清は、はっとなって迎撃された岩塊の軌道を確認した。

第二波の岩塊は迎撃してすべて打ち砕いた。打ち砕かれなかったものも、自爆して塵の雲となった。それは間違いない。

画面に表示された情報では、危険を示す岩塊の軌道の赤いラインは迎撃、ないし自爆の時点で途切れている。脅威ではない、という分析結果が出たことで、表示情報から消えたのだ。

だが、質量兵器としての価値を失ったとはいえ、細かな塵やガスになった岩塊は慣性の、法則に従って、そのまま進み続ける。

景清は、震える指で消えた情報を画面上に呼び出した。

赤いラインは〝L〟に、そして低周波を出している工作艇ではなく、〝L〟に繋留された工作母艦に向かって伸びていく。

衝突時間は、今。

それが意味することが、疲労と緊張で鈍った頭の芯にじわじわと染みこんでいく。

——これが源治の狙いか？　だが、塵が衝突したところで、装甲に覆われた工作母艦《このフネ》には被害など……装甲？

そこまで考えて、景清は目を見開いた。

——いや、ある。

装甲に覆われていない部分が……装甲で覆うことができない重要な部分が！

「おい！　マイクロ波送信アンテナをすぐに格納……」

しろ、と続けようとした景清の言葉を、警報ブザーが遮った。

マイクロ波送信アンテナ、作動不能
マイクロ波送信アンテナ、作動不能

原因は！……と聞くよりも早く報告が来た。

これは……鉄……砂鉄です！　アンテナに、溶けた砂鉄が付着！
おびただしい量です！

――やられた。

何が起きたのかを理解したとき、景清の膝から力が抜けそうになった。
無重力でなければ、本当に床に膝をついていただろう。
忠信たち〝発破屋〟が第二波の岩塊《ヤマ》に仕掛けた爆薬は、岩塊を粉々に砕くためだけのものではなかった。爆発の際に高温を発し、鉄を多く含む岩塊を粉々に砕いて砂粒状にした上で、その砂鉄を熱で溶かすためのものだったのだ。

この時、砂粒が大きすぎては、脅威のレベルが下がらず、塵が衝突する前にマイクロ波送信アンテナを格納されるなどの対策をとられてしまう。

しかし、脅威と判定されないレベルまで粉々になっただけでは、たとえむきだしのマイクロ波送信アンテナに衝突しても、それを破壊することはできない。

〝一粒山《ひとつぶやま》〟や〝踏鞴山《たたらやま》〟、そして蒼橋義勇軍の全員が知恵を絞った結果が、溶けた砂鉄のシャワーでアンテナの表面を覆うという作戦だった。

真空の宇宙空間では熱は放射でしか失われない。熱した砂鉄は、何か冷えたものに衝突するまで、液状の粒のまま飛び続けるのだ。

微妙にして細緻。ちょっとしたミスや不運で失敗する作戦。こんなものは、軍人の考える作戦ではありえなかった。

――〝適当にやって、いい加減に仕上げる〟か。

景清の頭の中に、御隠居の言葉が浮かんだ。結局、蒼橋義勇軍とは、最初から最後まで、職人の軍隊であったのだ。〈紅天〉のスラム出身で、食うために軍隊に入り、〈蒼橋〉に流れ着いた景清には、そこが最後まで理解できず、読み取ることもできなかった。

船外作業員はただちに、送信アンテナに付着したゴミの除去を
応急班はただちに予備の送信アンテナの設置作業に入れ

矢継ぎ早に出される応急作業の指示を聞きながら、景清は第三波の岩塊の軌道と〝L〟への衝突時刻を確認した。

――間に合わない。

それはすぐに分かった。岩塊の狙いは、すべて工作母艦ではなく、〝L〟に設置した六隻の低周波発信作業艇だった。浮遊砲台に残った電力では一個をそらせるかどうか。そして予備のマイクロ波送信アンテナを展張して急速充電させても……それまでの間に、残る五個の岩塊は、衝突を逸らせられないほど接近してしまう。

景清は、即座に〝L〟内部に仕掛けた対消滅弾を爆発させたい誘惑にかられた。

――あの対消滅弾をすべて使えば……。

だが、目の前のモニターに浮かんでいる作業時間の数字が、その誘惑を打ち消した。

固有振動の共振による〝L〟破砕までの残り時間は四四〇時間。

これがもし、四〇〇時間を切っていれば、内部に仕掛けた対消滅弾を爆発させることで、〝L〟はおよそ五つくらいに砕けて散り、その過程で相当数の〝天邪鬼《アマンジャク》〟が発生しただろう。

だが、今の段階で爆発させても、〝L〟の表面にクレーターができるだけで終わるだろう。わずかに軌道が落ちて楕円を描くから、〝天邪鬼《アマンジャク》〟がまったく発生しないわけではないが、この作戦の最初に対消滅弾を使ってM区内を攪乱させたほどの効果もないだろう。

「浮遊砲台の充電量、回復しません！」

「マイクロ波送信アンテナの交換を急げ！」

紅天の作業員たちの間に、切迫した言葉が飛び交う中で、景清は、静かに肩を落とし、総合情報モニターを見上げた。

赤外線と光学センサーで探知した、蒼橋の連中が送りだした第三波の岩塊の群れは、まっすぐ〝L〟に向かって進んでいた。

惑星上で相対速度が秒速で一キロメートルを超えるとなれば、標準大気で音速の三倍という高速である。しかし、宇宙空間では距離の単位が違ってくる。

それほどの速度を持っていても〝L〟へ衝突するまで、あと一五分ほどの時間があった。

そのタイムカウンターを見た景清は、一瞬目を見開いた後で、力なく首を振った。

――ダメだ。間にあわねえ。

予備のアンテナはある。だがそいつは、予備部品のコンテナの中だ。マイクロ波が送れるのは、そこから取り出して組み付けて……それからだ。どう考えても一五分でやれるわけがねえ。

――つまり……おれは負けたってことだ。

景清は、肩を落として大きくため息をつくと、通信端末に指を置いて、工作母艦に乗りこんでいるこの作戦の責任者である、紅天軍の大佐を呼び出した。

三秒ほどのタイムラグを置いてモニターに映った大佐を見て、景清は静かに言った。

「作業艇の連中に脱出命令を出してください！　お願いします」

大佐の顎が、かくん、と落ちた。

〝な……なんだと？〟

「第三波の岩塊《ヤマ》は、おそらく迎撃不能です。低周波を発信している作業艇は、いずれも

〝L〟にめりこむように設置されています。作業を中止したとしても、艇ごと逃げることはできません！　岩塊《ヤマ》を阻止できないとなれば、乗員だけ逃げるほかないのです！」

〝し、しかし……〟

「まだ、分かりませんか？　われわれは失敗したのです！　もはやこの〝L〟を破砕することはできないのです！」

景清が、脱出命令を出すように要請してから五分後。接近してくる第三波の岩塊に対し〈紅天〉軍は浮遊砲台に残ったバッテリーのすべてを消費して散弾を発射した。

だが、越後屋景清が見抜いたとおり、全砲台から発射された散弾をもってしても、すべての岩塊の軌道をそらすことはできなかった。

「あ、作業艇三番から脱出を始めたよ」

昇介の言葉を聞いた夢子《ゆめこ》が、あわててモニターの上に視線を走らせた。

「どこ？　見えない……」

「夢子先輩、赤外線で見て」

「あ、そうか！」

夢子はそう言うと、センサーを切り替えた。

〝L〟の地表に半分もぐりこむようにめりこんでいる作業艇から、白い砂粒のようなものが漂いながら離れていくのが見える。

「あれ……脱出カプセルなの？」

「うん、赤外線救難信号が見えるでしょ？　こりゃあ、どうやら〝L〟破砕をあきらめたみたいだな」

昇介の言葉に応えるように、〝L〟の反対側に位置している〝旗士〟の連中からも報告が入った。

「こちら側で作業中の六番作業艇からも、脱出が始まった！」

〝L〟を囲むように配置された〝旗士〟たちから、岩塊《ヤマ》が迫る作業艇から乗員が脱出している、という報告を受けた小雪は、嬉しさを隠しきれないような口調で言った。

「作業艇の連中が、作業をほっぽり出して逃げ出したってことは、紅天の連中が、〝L〟破砕をあきらめたってことですよね？」

《播磨屋壱號》の艇内で、それまで口をへの字にしていた源治が大きく息をはいた。緊張が続いたせいで痛む胃を作業着の上からさする。

「そぶだ……ゴホン、そうだな」

口の中がからからに乾燥して、うまく声が出ない。

「はい、どうぞ」

後ろの座席から八重が源治に水の入ったチューブを差し出す。

「ありがとう、八重さん」

チューブをくわえた源治は、〝旗士〟からのデータを統合して画面に表示させた。工作母艦が、予備のアンテナの展張に成功したらしく、迎撃に失敗した浮遊砲台に充電を開始している。

そのデータを見て、源治は思った。

――いまさら充電始めたって、もう遅い。なんとか発射できるまで充電が終わった頃には、もう、岩塊《ヤマ》は〝L〟に衝突する寸前まで近づいているはずだ。

岩塊《ヤマ》に向けて砲撃しても、軌道をそらすだけのベクトル変化は与えられない。慣性の法則が支配する軌道上での軌道変更は、ギリギリになるほど大きな力を必要とする。

補助画面に表示された表の中には、時間とともに大きくなっていく数字があった。これは忠信が作った計算式によるもので、岩塊《ヤマ》の軌道をそらすことが可能な爆発の規模を爆薬のトン数で表示している。

――数字がキロトン単位になってきたな。これならば、もう大丈夫か？

そうは思っても、確信は持てない。相手はいきなり対消滅弾を持ち出した〈紅天〉軍である。作業艇が破壊されるまでは気が抜けなかった。

源治は小さく首を振って、小雪の言葉に答えた。

「いや……何が起きるかは、まだ分からねぇ。ミサイルって手もあるわけだからな」

わないだろうな。

——相手が降参しましたって言ってくれれば……だけど越後屋のやつなら、最後まで言
源治がそんなことを考えていると、昇介から通信が入った。

「大将、越後屋の家内無線《ないせん》の周波数で、大将宛てに通信が入ったよ。えと……越後屋景清さんから、だと思う。発信源は〝L〟の……作業艇一番から」

源治は目をむいた。後ろで八重が息をのむ。

「つないでくれ」

八重の様子を気にしながら、源治は昇介に伝えた。

少しノイズまじりの声は、紛れもなく越後屋景清だった。

「いよう、源治か」

「越後屋か、おまえに出頭命令が出てるぞ。今どこにいる」

「〝L〟の上だよ。出頭は……ちょっと無理だな」

かすれた笑い声。

「笑いごとじゃねえっ！　てめえ、何のつもりだっ！　だいたい——」

怒鳴る源治の声を遮って、景清は静かに言った。

「……おれの負けだよ」

「何を……」

「おれの負けだ。おまえさんとはいろいろ角突《つのつ》き合わせてきたが、これできれいさっぱり決着がついたな。〝L〟破砕は失敗した。まさか、あんな手でくるとはな。誰のアイデアだ？　音羽屋か？」

源治は時間を確認する。岩塊《ヤマ》が〝L〟に衝突するまで、もう時間はあまりない。物理法則に従った岩塊《ヤマ》の運動は、止めることも、遅延することもできない。

――くそ、何さばさばした声で、のんきなこと言ってやがる。誰のアイデアとか、ンなこたぁいいから、早く脱出しろ！　バカがっ！

源治が景清を怒鳴りつけようと口を大きく開けた時、その口を細い柔らかな掌《てのひら》が後ろからふさぐ。

「わたしですよ、景清さん」

源治にかわってマイクに声を入れたのは八重だった。

「お、おまえ……八重……か？」

景清の言葉が途切れる。

「あら、お分かりですか？　そりゃあ、そうですよね。一応は何年も一緒に暮らした、夫《め》婦《おと》ですものねぇ」

「八重、おまえ、いったいどうして……」

「景清さん、あンたが考えるようなことくらい、夫婦《めおと》だったわたしが読めなくてどうしますか。それより大事なお願いがあります。聞いておくれではないですかね」

源治の耳元で囁かれる八重の声は魂の尾を引っこ抜かんばかりに甘く、源治は思わず生唾を飲みこむ。

「……」

一〇〇〇キロメートル離れた向こうの景清も、黙ったままだ。

「死んでおくれでは、ないですかね」

「!!」

思わず叫び声をあげそうになった源治の口を、八重が強く押さえる。

「どういう……意味だ……」

絞り出すような景清の声。源治は十年の付き合いの中で初めて、景清に同情した。

「どういう意味も何も、お分かりじゃないんですか？　わたしが源治さんとデキてるって責めたのは景清さん、あンたですよね」

「それは……まさか、本当に……」

「そりゃ、あの時はまだデキてなんかいませんでしたよ。でも、あンたの言うとおり源治さんは優しい人でしたよ。人間としても、男としても、あンたより大きい人です」

「てめぇ……くそ……この腐れ……」

「いくらでも罵《ののし》ってくださいな。これが最後ですから。あと数分。あンたが岩に潰されて死ぬまでくらいなら、聞いてあげますよ。だから、ね、そこから動かないでください」

　ぶつり、と通信が途切れた。

「すみませんでした、源治さん」

　マイクを切り、八重は源治に謝って身体を離した。

「あ、いや。その、えと。今の……は？」

　八重はしどろもどろになった源治ではなく、小雪に頭を下げた。

「すみませんでした、小雪さん。今のは根も葉もない嘘ですので、源治さんを責めないでくださいね」

「……分かってます」

　小雪がぶっきらぼうに答えたとき、微妙な空気が漂う《播磨屋壱號》に昇介からの通信が入った。

「大将、小雪姉ちゃん。それと八重さん。〝L〟の作業艇一番から乗員が脱出したみたい。これで、全部脱出したよ」

　昇介の言葉が終わるのと、ほぼ同時に、第三波の岩塊《ヤマ》が到達した。

　表面に浮遊砲台の弾丸が当たった白い放射状の痕をつけた巨大な灰色の岩塊が、まったく速度を落とすことなく〝L〟の表面に取りついていた作業艇の船体にぶち当たる。

　その圧倒的な質量の前には、作業艇の外殻など、何の意味もなかった。

アルミ箔を握りつぶすようにくしゃっとつぶれ、粉のような破片をまき散らしながら船内のガスが噴出する。

低周波発生装置に流れている高圧電流が短絡する火花が閃光のようにいくつか瞬いて、すぐに岩塊の下に消えていった。

第三波の岩塊によって作業艇を押しつぶされ、〝L〟破砕の手だてを失った〈紅天〉の工作母艦が降伏したのは、それから間もなくのことだった。

11

それから、二週間が経過した。

〈紅天《こうてん》〉星系跳躍点の周囲を、傷だらけの艦隊が取り囲んでいた。

〈蒼橋《あおのはし》〉から帰還したばかりの〈紅天〉星系軍主力艦隊である。連邦宇宙軍のキッチナー艦隊を奇襲攻撃で破ったものの、反撃で少なからぬ損害を受け、そして続くムックホッファ艦隊との戦いでも大きく損耗はしたが、主力艦の戦闘での損失は一隻だけ。編制表上では、今なお強大な戦闘力を維持している。

だが、現実問題として戦闘力を維持しているかといえば、それは疑わしいと言わざるをえなかった。

艦隊が作戦行動に出た場合、たとえ戦闘がなくとも推進剤《アイス》などの物資は消費され、乗員は疲弊する。戦力を回復させるためには基地に戻っての休息と整備が必要なのだ。ましてや、〈紅天〉艦隊は二度の大きな戦闘をくぐり抜けている。本来ならば、入念なオーバーホールをすべきだった。

しかし、それが不可能であることもまた事実だった。

跳躍点を出て〈紅天〉星系に帰還した艦隊を待っていたのは、〈蒼橋〉に残った特務工作部隊の作戦が失敗したという報告だった。しかも、その過程で連邦宇宙軍現地部隊に編入された蒼橋義勇軍の降伏勧告を蹴り、東銀河連邦によって固く禁じられている対消滅弾を使用したというのだ。

——わたしはそんな話は聞いていない！

対消滅弾の使用を知った〈紅天〉艦隊司令部は驚愕した。

いや、驚愕という単語では生ぬるいかもしれない。それは、自分たちの価値観が根底から崩壊するほどの事実だった。

対消滅弾の使用という事実よりも、それを知らされていなかったという事実に衝撃を受けたのだ。

〝L〟破砕は高度に政治的な面のある極秘任務だった。〈蒼橋〉動乱前の政治派閥では非主流派でしかない、先鋭化、結社化した〈紅天〉至上主義者にとっての切り札であり、その全容を知るものは限られていた。

そして、これまた当然のことだが、全容を知る立場にあるトップに近い人間は、作戦の細々としたことを決めるほどヒマでもなければ、技術的な面に詳しいわけでもなかった。

彼らの持つ時間は権謀術数を駆使して政治抗争を繰り広げるために費やされ、実際に使うかどうかも分からない〝L〟破砕の極秘作戦は、子飼いの参謀たちに任されていたのである。

参謀たちは、これまた彼らにしてみれば当たり前のことだが、与えられた任務に〝出来ません〟などという腑抜けたことは言えない立場にあった。

求められているのは、絶対に成功する完璧な作戦であり、そのために彼らは持てる能力のすべてを振り絞った。

その結果が、作業の間〝L〟周辺の空域を掃除し、かつ、〈蒼橋〉の妨害を防ぐために対消滅弾を使用するという異常な作戦だった。もし、作戦内容を各部署が多面的にチェックしていれば、このような異常な作戦が通ることはなかったろう。しかし、政争の道具としての極秘作戦であるがゆえに、チェック機能はまったく働かなかったのだ。

その結果、対消滅弾は爆発し、〝L〟は破砕されないまま終わった。

何一つ成果をもたらさなかったこの作戦は、成果の代わりにとんでもない負債を〈紅天〉にもたらした。

　東銀河連邦の安全保障委員会からの非難決議である。

　そして、その非難決議には、歴史上三度目になる戦略艦隊の派遣、という、最悪のオマケがついていた。


「重巡航艦三隻に、軽巡航艦六隻。迎撃駆逐艦四隻、偵察艦四隻か。銀河に名高い機動戦艦部隊のお出迎えをするには、心許ないな」

〈紅天〉艦隊の重巡航艦《ランクマー》の戦闘指揮所《CIC》に立った艦長は、彼が指揮をとる戦隊の状態を確認した。

「跳躍点の周囲はプローブ《無人探査体》を展開済みです。たとえ機動戦艦部隊とはいえ、跳躍点から出た直後ならば先手はこちらのものです」

　副長の言葉に、艦長は頷いた。

「この配備は、〝これがもし実戦なら、こちらも無傷ではなかった〟と連邦宇宙軍に思わせる……いわば脅し《ブラフ》が目的だからな。……ま、この戦隊以外のほかの艦は張り子の虎だから、脅し《ブラフ》くらいしか掛けられないんだが……」

「そいつは仕方ありません。残った弾薬や戦闘で損傷した機材のうち、使えそうなのを全部、われわれの戦隊に集めたので」

「わが戦隊だけでも、そこらの星系軍には引けを取らないという自信があるが、相手は何せ連邦宇宙軍。それも伝説的な機動戦艦部隊だ。戦力差を考えるたびに思うよ……なんでこんなことになったんだろう、ってな」

「軍隊では有史以来、幾度となく繰り返された質問ですね。答えも決まってます。上の連中が無能だから、ですよ」

「無能か……ああ、そうなのだろう。まったく、そうであってほしい。上が無能で、機動戦艦部隊を相手にする羽目になったのであれば、どれだけ救われることか」

艦長はため息をついた。上は無能ではない。問題はそこなのだ。〈紅天〉のような有力星系で、無能はトップになれない。なのになぜ、すべてが悪い方向にまわっているのか。

――いかんな。〝急いで待て〟は軍の基本だが、今は待ち時間が苦痛にしかならない。このまま、現政権の批判めいた会話を続けていたのでは、士気に関わる。笑って済ませることができない今の状況では、逆効果だ。

「それはそうと……」

艦長が話題を変えようとした……そのとき。

「跳躍点に反応あり！　高次空間から何か降りてきます！　大きい！」

オペレータの報告が、ＣＩＣの空気をいっきに変えた。

――来たかっ！

戦闘をするわけではない。演習でやる対艦戦闘のように、照準用レーダーを一定時間照射するだけだ。跳躍点周囲を遊弋《ゆうよく》する無人探査体《プローブ》からのレーダーで測的し、最後に艦砲の照準用レーダーを浴びせる。

重巡航艦のビーム砲であれば、理論上は機動戦艦の装甲を通してでも艦に損傷を与えることができる。

もちろん、そこまでやればたとえ実弾を使わなかったとしても、反撃されても文句は言えない。すでに〈紅天〉は連邦宇宙軍と〈蒼橋〉で一戦交えてさえいるのでなおさらである。

だが、跳躍点から出たばかりの連邦宇宙軍には、反撃するのに必要な照準用の観測データが足りない。この時点で通信を送り、戦闘の意志がないことを示せば、実際に戦闘になることはない。そして、〈紅天〉艦隊が連邦宇宙軍の機動戦艦部隊を相手にしても、決して無力ではなかったことを内外に示すことができる。

――相手に真剣で切りかかっておいて、〃峰打ちだ、安心しろ、おれを甘く見るなよ〃と言え。最初から気を抜いていたのでは見抜かれる。本気で行け。だが、相手を本気にさせるな、というわけだ……。

この期に及んでよくもまあ、こんな都合のいいことを考えるものだ。成功したら自分たちの成果。失敗したらおれたちのせいにすればいい、というわけだな。

——戦争は、行かないヤツがやりたがる、とは良く言ったもんだ。とはいえ、やるからにはミスは許されない……。

艦長が手順を頭の中で確認している間に、空間の揺らぎはいっきに大きくなり、ついにその一部が破断した。

宇宙空間と高次空間との間に開いた割れ目のような部分から、一〇〇万トンを超える巨大な艦影がすべり出る。

自力で超空間航行可能なサイズとしては限界に近い巨艦。人類が作り出した最強の兵器。それが〈紅天〉星系に出現したのだ。

「出ましたっ！　機動戦艦部隊です！」

「よし、プローブ《無人探査体》からのレーダー情報を元に……ん？」

《ランクマー》の戦闘指揮所《CIC》をざわめきが包む。データが入って来ない。

「どうした？　情報のリンクが途絶えているぞ！　故障か？」

「いえ……これは、レーダー波が……レーダー波が消えています！　機動戦艦部隊に、届いていません！」

「なんだと？」

艦長は絶句する。遠距離砲撃には必須のレーダーによる観測情報が届かなければ、続く照準の手順に入れない。

「やはり、待ち伏せをかけてきましたか。特使の言われたとおりになりましたな」

通常空間に転移した機動戦艦《シリウス》の戦闘指揮所《CIC》で、紅天艦隊の動向を確認した第七戦略艦隊の参謀長が、呆れた口調で、傍らのムックホッファに言った。

「当たってほしくなかったのですがね……」

「まったくです。正気の沙汰とは思えません。安全保障委員会の特使が乗る連邦宇宙軍の艦に、いきなり照準レーダーを照射するなど」

「未遂に終わって良かったと思います。非武装のプローブ《無人探査体》からのレーダー照射であれば、これは何の問題もないわけですからね」

「これだけたくさんのプローブ《無人探査体》をばらまいておいて、問題ないと言い切るには、多少無理がありますがね」

参謀長が苦笑する。

「仕方がない面もあります。安全保障委員会による非難決議によって、〈紅天〉を〝切り取り自由〟と見なす空気が周辺星系に出ています。今この時点でも、対立する星系の艦隊が出現する可能性があるのですから」

「それは自業自得だと思います。連邦宇宙軍の平和維持艦隊に攻撃を仕掛けたのですから。自ら望んでならず者星系の仲間入りをしておいて、いまさらですよ」

——厳しいな。だが、戦略艦隊の出動が許可されたのは、彼のように考える人間が連邦宇宙軍の中に大勢いるからだ。

ムックホッファはそのことを頭のすみに留めておくと、話を切り替えた。

「それにしても、〈紅天〉軍は驚いたでしょうな。あちらからは、レーダー波がどのように見えるのですか？」

参謀長は、少し考えこむようにして答えた。

「反応がない……のではないかと思います。機動戦艦が広げた慣性制御フィールドをたがいに干渉させたエリアに入った電磁波はそこで急速に減衰しますからね。艦に当たったレーダー波も、跳ね返って再びフィールドを通る間に消えてしまって、アンテナに届かないはずです。

発信した電波が行ったきり帰って来ない……そこにいるけれども、レーダースクリーン上では、まったくの空白、というわけですね」

「ほう……」

ムックホッファは、感心したように頷いてみせた。

「機動戦艦が大出力の慣性駆動系エンジンを搭載しているのは知っていましたが、まさかこのような芸当が可能だとは思ってもみませんでした」

「帝国末期の大乱では、機動戦艦部隊の慣性制御フィールドを応用して磁場を操り、恒星ひとつに巨大な太陽表面爆発《フレア》を起こさせて、星系ひとつを焼き払った記録があります。さすがに、演習でもそこまでやったことはありませんが」

ムックホッファは顎に手をあててしばし考えた後で、参謀長に向き直った。

「ふむン……それで思いついたことがあります。こういうことは、できますでしょうか？」

ムックホッファの言葉を聞くうちに、参謀長の顔に悪戯を企む子供のような笑みが浮かんできた。

「……ふむ、そいつはおもしろいですな。いいでしょう。殴り合うばかりが軍艦の目的ではありませんからね。技術的な側面を詰めてから、艦隊司令に提案してみます」

「お願いします。いかに〈紅天〉の政権にいる者が愚か者揃いとはいえ、実際に殴られなければ痛みがわからないような馬鹿ばかりではありますまい」

「たしかに、握り拳《こぶし》を見て、殴られる時のことを想像できる相手には効果的でしょうな……」

ムックホッファは頷いた。

「そういう相手は必ずいます。たとえ政権の中にいなくても、人々の目にそれを見せれば、気がつくはずです。人間という生き物は、それほど愚かではないはずです」

〈紅天〉星系の首都惑星は第四惑星である。決して歴史のある大国ではないが、連邦初期に開発された自治星系で工業力が高く、何より人口の多さが目を引く。〈豊葦原《とよあしはら》〉などの農業星系を抱えるようになってからは、首都惑星だけで人口は一〇〇億を超え、星系全体では二〇〇億に近い。

その二〇〇億の人々の注目は今、一点に注がれていた。

「おい！ 見えたぞ！」

「ネットで流れていた情報どおりだ！」

行政府のある第一都市の、初期植民者記念公園に集まった人々が、夜空を指さした。

夜空の一角に、ぼうっと彗星のような灯りが浮かんでいる。

「あれか！」

「あれが……連邦宇宙軍の機動戦艦部隊の噴射炎だ！」

「見ろ！ どんどん輝きが強くなっていく！」

人々の叫び声のとおりだった。

それは、一週間前に〈紅天〉跳躍点に到着した大艦隊が今、減速の炎を噴き上げながら首都惑星に迫っているのだ。

ぎりぎりまで減速を遅らせたため、艦隊は通常限界とされる三Gを超える四Gの加速で行き足を殺している。全備重量で一〇〇万トンを超える巨艦を減速させるために宇宙空間に向かって放たれる逆噴射の業火は、数千万キロメートル離れている首都惑星の地表からも、その輝きを見ることができた。

圧倒的な戦力の象徴である機動戦艦部隊の減速用の逆噴射の輝きは地表からも見えるだろう、という情報は、ネットを通じて〈紅天〉星系の市民たちの間に広まっていた。

〈紅天〉政府は、この情報を遮断しようとしたが、いくつもの回線でつながっている汎用回線をすべて遮断することはできなかった。

公園に集まった人々は、息をのんでその輝きを見ていたが、やがて主催団体のリーダーが拳をつきあげて叫ぶ。

「見ろ！　あの輝きこそが、現政府の失政によるものだ！　〈紅天〉は今、破滅の危機にある！　われわれには、もはや、あの輝きに抗うすべすらない！　その責任はすべて、投機的な作戦を行なった軍部と、それを許可した政府にある！

こと、ここに至ってわれわれが為すべきことは何か！　われわれが生き延びるために為すべきことは何か！　それは連邦に対する反抗ではない！

愚かな政府を倒し、良識的な政権を打ちたて、連邦と交渉すること以外に、われら〈紅天〉の市民が生き延びる道はないのだ！」

公園に集まっていた市民の間から、賛同の叫び声が上がった。

夜空に輝く光。それがリーダーの言葉が正しいことの証明だった。

反政府運動を行なう市民や野党勢力は、この日から惑星各地で集会を開くようになった。そしてそれは決まって、減速する機動戦艦部隊の輝きが見える時間帯に行なわれた。〈紅天〉政府は治安維持の名目で、夜間外出禁止令を出して対抗したが、効果はなかった。集会の規制に当たる警察の治安部隊の頭上に輝く光は、日に日にその輝きを増し、政府の命運が尽きようとしていることを教えていたからである。

そして、ついに、連邦宇宙軍の機動戦艦部隊が〈紅天〉衛星軌道へと到着する時が来た。夜空に輝く光は、圧倒的な迫力で、天周を覆い尽くしていた。

そして、その時になっても〈紅天〉政府からは何のアクションもなかった。

「さて……どうします？」

参謀長の言葉を聞いたムックホッファは、一言で返した。

「待とう」

「……分かりました」

参謀長はそう言って頷いた後で、ゆっくりと言葉を続けた。

「〈紅天〉政府の内部で、どのようなことが起こっているのか、おおよそ想像はつきます。物事は始めるときよりも、終わらせるときの方が大変です。ましてや、失敗に終わった場合の決着のつけ方は、万事上手く行ったときの数倍、いや、数十倍の手間が掛かりますからね」

「政府の首脳陣が負けを認めても、国民が負けたと思わなければ、戦争は終わらない。戦いの場が国内に移るだけだ。そして国民が負けたと思っても、政府の首脳陣がそう思わなければ、これまた戦いは続く。

政府と国民の両方が負けたと思わなければ、戦争は終わらない。攻撃命令を下すのは、〈紅天〉の中で答えが出るのを待ってからでも遅くはない」

機動戦艦部隊が〈紅天〉の衛星軌道に到達した次の日。〈紅天〉の首都の上空の夜空に、虹のカーテンがかかった。

「何だ、あれは？」

「あんなもの、見たこともないぞ！」

「連邦宇宙軍の新兵器か？」

ゆらゆらと揺れる美しい虹のカーテンを見て、〈紅天〉の人々は驚き騒いだ。

その虹色に輝く夜空のカーテンはオーロラだった。

〈紅天〉行政府は首都惑星の中緯度地帯にある。どれほど恒星のフレアが強くとも、磁場に守られたこの位置では、オーロラなど見えるわけがない。

それは、連邦宇宙軍の機動戦艦部隊の戦艦が搭載している、巨大な慣性駆動系エンジンによって、〈紅天〉の磁場が歪められたために、起きた現象だった。

夜空を見上げた地表の人々の視界一杯に広がる虹色の巨大なカーテンは、夜が明けるまでかかり続けた。

〈紅天〉の首相代行を名乗る人物から、連邦宇宙軍機動戦艦部隊に対して、公式の申し入れがあったのは、首都がある大陸の夜が明けてしばらくしてからだった。

「臨時政府の首相代行からのメッセージだと？」

「はい、そう名乗っております。確認しましたところ、〈紅天〉の政府閣僚の名簿にはのっておりませんが、大臣経験のある政治家の名前と一致します」

通信参謀から報告を受けた参謀長は、ムックホッファを見て聞いた。

「どう思われますか？」

「〈紅天〉政府の中で何があったかは、想像がつくが、いずれにせよ、きちんと話のできる相手がいるのなら、言うことはない」

「示威行動の効果があったということですな……空に浮かぶ彗星や、時ならぬオーロラは、天が民に、為政者の徳が失われたことを告げるものである、という古い言い伝えがありますが、われわれの存在は、さしずめそれだったというわけですね」

「〈紅天〉の市民がそういった言い伝えを知っていたかどうかは分からないが、天変地異を起こさせるだけの力を持った存在が自分たちの上空にいるということ、そしてそれを招いたのが誰なのかということを理解して行動したということだな」

ムックホッファはそう言うと、小さく頷いて見せた。

12

〈紅天《こうてん》〉首都惑星の第一宇宙港は、低緯度地帯の高原に作られていた。

星湖《ほしのうみ》トリビューンのロイスがここに降り立ったのは、〝L〟破砕が失敗に終わって〈蒼《あお》橋《のはし》〉での騒乱が事実上終結し、連邦宇宙軍が〈紅天〉に艦隊を送りこんで二カ月が過ぎた時であった。

「へー、こんな惑星《ほし》だったんだ。前に来た時は素通りしたので、地上には降りてないんですよね」

ロイスが〈蒼橋〉に派遣される途中に〈紅天〉で乗り換えたのは軌道上のステーションでのことなので、首都惑星は宇宙から見下ろしただけだった。

「赤道に近いけど、涼しいんですね……ああ、なるほど、高度三〇〇〇メートルなんだ、このへん。酸素、ちょっと薄いかな？」

すーはー、すーはー、と両腕を広げて大きく深呼吸するロイスを、周囲の旅客が気味悪そうに見ている。

「あー、やっぱり惑星の上っていいですね。誰はばかることなく、酸素を消費しても怒られないってヤツ？〈蒼橋〉ですと、こうはいきませんものねー。ちょっとそこらでたき火とかしてみましょうか。ついでにお芋も焼いてみたりなんかして」

久しぶりの惑星に、ロイスは完全に浮かれきっていた。半ば本気でたき火をする場所を探して周囲を見まわし、自分が注目を集めているのを知って赤面する。

その様子を、ひとりの老人が見ていた。傍らに黒服の男が付き添っている。

老人は、くくっ、と笑うと黒服の男に話しかけた。

「あのお嬢さんが、ペン一本で〈紅天〉至上主義派の描いた図面をひっくり返した方かね。なるほど、これはおもしろい」

「目の前で踊っているあの娘と同じ人間が書いたとは、とても思えませんが……」

「馬鹿が馬鹿をやっておるなら、そうだな。だが、あの娘は賢い。おまえも、彼女が書いた星湖トリビューンの記事は読んだろう？　天衣無縫《てんいむほう》というやつだ。彼女は虚飾の奥にある本音を引き出す。ジャーナリストとしては希有な才能だ。何しろ、大勢の人や組織を抱えると、人は自分の本音が何であったかすら忘れてしまうものだからの」

「はあ……」

老人は、唇の端に薄く笑いを滲ませて、上目遣いに聞いた。

「疑ってるな？」

「そりゃもちろん。そんなことあり得ないでしょう」

「では、なぜ、われわれはこんなことになっておる？」

黒服の男は、一瞬言葉に詰まったあとで、答えた。

「それは……〈紅天〉至上主義派がしでかした企みが失敗したせいでしょう。連邦直接加盟を狙い、重金属バブルを狙い、この星系《ほし》の行く道を誤らせたわけで……」

「本当に、そうか？」

「それ以外に、どう解釈しろというのですか」

「自分で言っていておかしいとは思わんか？　どれひとつとっても杜撰《ずさん》すぎる。ここまで杜撰なら、なぜ止められなかった？　なぜわれわれの勢力は力を失った？」

「止めようとしました。ですが、われわれにできることには限界がありました。アンゼルナイヒ中将の作戦が失敗したため、強硬派を止めることは不可能でした。なぜか……」

黒服の男の言葉が途切れた。

「そうだ。なぜか、われわれは支持を失った。ひとつひとつは、些細な事だ。選挙で負けた。〈蒼橋〉に新たな投資をする計画が潰れた。身内のケンカで予算委員会が紛糾して有力議員が何人か辞任した。長年の間、政治をしていれば、勝ったり負けたりするのは当たり前だ。だが、なぜか、負けばかりが目立つようになった」

老人は嘆息した後で、ゆっくりと言った。

「何かが、後押しをしたのだ。〈紅天〉至上主義派が覇権を握るように……その〝何か〟

が分からぬままでは、やつらを追い払った後、再び、このような事が起きるぞ」

「それを、あの記者が教えてくれると？」

「わしは、そう思っておるよ……」


星湖トリビューンは中央では名の通った会社だが、〈紅天〉に記者を常駐させてはいない。その代わり、地元の報道機関と契約を結んでいる。ロイスは、そうした契約を足がかりに、〈蒼橋〉動乱に関連して〈紅天〉での取材を始めた。

「もう……ダメ……死ぬ……」

そして、一週間も経たないうちに挫折した。ベッドにばたりと倒れこむ。

現地報道機関の用意してくれたホテルは一週間宿泊するだけでロイスの三カ月分の給料が吹っ飛ぶ高級ホテルだった。支払いは現地報道機関が経費で落としているらしいが、ロイスとしては自腹を切ってもいいからビジネスホテルに引っ越したいところである。

それが出来ないでいるのは、取材が難航して〝それどころではない〟日々が続いているからだ。せっかくの高級ホテルも、ただの寝室としてしか使っていない。

「それにしても……」

ベッドに突っ伏したまま、せめてシャワーを浴びるべきだと自分に言い聞かせながらロイスは呟く。

「なんだかよく分からないです。そりゃー、たしかに今の〈紅天〉は連邦宇宙軍に半ば占領されたようなものですから、〈蒼橋〉でやったことは逮捕されたり辞職した議員や軍人の仕業だー、って主張するのは当然なんですけど……」

ごろり、と仰向けになり、この一週間で取ったメモを読み返しながらロイスは考える。

「なんでしょう、この違和感。何が……あ」

開いたカレンダーの日付の花丸が目に飛びこんだ。結婚式、と書いてある。絶対出席、とメモした付箋が貼ってある。播磨屋源治《はりまやげんじ》と、大和屋小雪《やまとやこゆき》の結婚式の日取りだ。

源治と小雪のことを思い出すと、芋づる式に蒼橋義勇軍の面々の顔が脳裏に浮かぶ。昇介《しょうすけ》と沙良《さら》はつながって浮かび、これに御隠居の顔がリンクしている。そして甚平《じんぺい》につながっているのは辰美《たつみ》だ。

――〈紅天〉と〈蒼橋〉の戦争が終わったとたん、辰美さんに宣戦布告されるとは思いませんでした。ていうか、明らかに戦況不利ですよね、これ。

「甚平さんがはっきりしないのが、悪いんですよね、コレ。いったい、どうしたいんだか」

ごろん。メモを閉じて再びうつぶせになる。高級ホテルの、ふかふかベッドだが、無重力の芋虫寝袋の方が寝心地は絶対にいい、とロイスは思う。

「どうしたいの、か……！」

がばり。ロイスは起きあがった。

「そうか！」

違和感の正体が判明した。はるばる〈紅天〉にやって来てまで、ロイスが取材したかったこと。〈蒼橋〉にいたのでは分からなかった、この動乱に抱いた疑問。

「〈紅天〉は何がしたかったんでしょう？」

重金属バブルや連邦直接加盟の陰謀を企み、〈蒼橋〉との間に動乱を引き起こし、最後には対消滅弾まで使って〝L〟を破砕しようとした。

莫大な金と物資と人命。そして何より〈紅天〉が築き上げてきた有力星系としての名声や信用を賭けてまでやりたかったことが、どうも見えない。

「甚平さんがやりたいこと。辰美さんのやりたいこと。それが分かれば、わたしだって……あや？」

思考の堂々巡りが再びプライベートなところに戻ってきたことに気がついて、ロイスは頭をぽかぽかと殴る。

そして気がつく。疑問がなぜ、解けないのか。

「わたしは、何がしたいんでしょう……？」

その時、柔らかなチャイムの音が室内に響いた。ロイスはベッドの上で飛び上がりそうになる。

「うえ？　あ、フロントからか」

フロントからの連絡は、老人と黒服の男がロイスに面会を求めてきた、というものだった。


それから数日の後。

ロイスが宿泊する高級ホテルのロビーに、ムックホッファの姿があった。

「星湖トリビューンのロイス・クレインです。本日は、取材に応じていただき、ありがとうございます！」

そう言って頭を下げたロイスを見て、ムックホッファは、微笑みを浮かべて頷いた。

「ロイスさんの記事は、〈蒼橋〉にいた頃から目を通しておりました。それに、蒼橋星間運輸公社の前顧問からの紹介もありましたから……」

ムックホッファの言葉を聞いたロイスは、一瞬、きょとんとしたように目を見開いた。

「前顧問……？　ああ、あのおじいちゃんのことですか。そうか、そんなに偉い人だったんですね」

黒服の男と一緒に自分に会いに来た老人のことを思い出して、ロイスがうんうん、と頷く。

「ご存知なかったのですか？」

「おじいちゃんは、数年前に隠居してるって言ってました。わたしの記事がおもしろいからって言って、いろんな人を紹介してくれたんですよ。おかげで取材がだいぶ進みました」

ムックホッファは今日、ここに来るまでに読んだ資料の内容を思い返した。

蒼橋星間運輸公社は〈紅天〉資本で運営され、〈蒼橋〉と外部の星系との星間輸送を一手に引き受けて莫大な利益をあげていた。

〈蒼橋〉にとって、公社は〈紅天〉の経済支配の代表とも言うべき存在であったが、実は、〈紅天〉内部にも公社のことを快く思わない者は多かった。

公社は流通を独占的に支配しており、競争相手の存在を〈紅天〉の内部にすら許さなかったからである。

独占支配が利点となるのは、事業が拡大期にある時である。独占が長期に及べば、それに伴うさまざまな弊害が起きるようになる。

企業が健全でいられるためには、競争が必要なのだ。運動不足の企業は、効率が落ちていく。

そのことを理解していた前顧問は、ゆっくりと内部から公社の解体を試みた。しかし、独占をなくすということは、少なからぬ割合の利権が〈蒼橋〉に移譲されるということである。

これが〈紅天〉内部に感情的な反発を生み、失脚した。

一方、利権を手放すことができなくなった公社は、〈紅天〉に利益をもたらし続けることによってのみ、存続が許される組織となった。

この価値観が〈紅天〉至上主義派と結びつくのは、当然とも言える結果だった。重金属バブルから〝L〟破砕へと向かう一連の流れが〈蒼橋〉動乱への道となったと見ることもできる。

ムックホッファは、資料に書かれていた内容を思い返しながら、ロイスに聞いた。

「では、わたしへの取材の見返りとして、あなたが〈蒼橋〉動乱を、どのように見ているのか、それを教えていただけないかな？」

「ギブアンドテイクですね。いいですよ」

ムックホッファの言葉を聞いたロイスは、そう答えてにっこり笑いながら、素早くロビーの中に視線を飛ばした。

さきほど、ムックホッファから、公社の前顧問である、と聞いた老人が、自分たちの座っているソファのボックス席から二つほど離れた席に、例の黒服の男と共に座っているのに気がついた。

どうやら、ムックホッファ＝連邦側も、隠然たる影響力を持つ前顧問の老人と何らかの接触をしたいらしい。

──ようするに、わたしの取材は連邦と公社の接触のダシにされたってわけね。

ロイスはまるで気にならなかった。自分にやりたいことがあるように、他人にもやりたいことがある。利害が直接ぶつかるならともかく、そうでないなら、皆が自分のやりたいことをできるようになるのが一番だと、ロイスはおおらかに考えていた。

ロイスがそう納得してムックホッファの顔を見ると、ムックホッファは静かに微笑んで同意するかのように頷いた。どうやら考えていたことが全部顔に出ていたらしい。

──うわあ。恥ずかしい。

ロイスは自分の顔が赤くなるのを感じながら、それでも表情を取り繕って質問をはじめた。

「え……と、あの……ムックホッファさんは、この動乱の背景を、どのようにお考えですか?」

「そうだね。平和維持艦隊の任務が終わり、連邦の〈蒼橋〉弁務官となったわたしが、動乱の背景を調べれば調べるほど、不思議なことが分かってきた。〈紅天〉は〈蒼橋〉を始めとして、数多くの星系《ほし》の開発に着手し、そのほとんどで完璧と言っていい成功を収めているのですよ」

ロイスは、こくこくと頷いた。

「ええ、ほかの星系《ほし》は知りませんけど、〈蒼橋〉の職人さんたちってスゴイですよね。でもあれって、〈紅天〉のおかげなんですか？　〈蒼橋〉の人からは、〈紅天〉による輸出入の制限とか関税とか、すごくうるさくて大変だって話ばかり聞きますけど」

「ええ。それだけ文句を言われてるのに……〈蒼橋〉では、この一〇〇年、一度も暴力的な独立運動が起きてないんです」

「……あ」

ロイスは目を見張った。彼女が〈蒼橋〉に到着したのは、紛争直前の緊迫した時だったが、まるで暴力的な雰囲気はなかった。

最初は危険な星系《ほし》に放りだされるのだと緊張していたのに、到着してみるとなんだかのんびりした星系《ほし》だなぁ、と拍子抜けしたのも覚えている。

たしかに〈蒼橋〉の人間は、〈紅天〉を嫌ってはいても憎んではおらず、それは動乱が終わった今も変わらない。

――さすがに、〃L〃破砕については反発があったけど、憎いっていうよりは、〃馬鹿なことをしやがって！〃と怒ってる感じよね。

ロイスの表情を見て、ムックホッファは言葉を続けた。

「〈蒼橋〉ほどではありませんが、ほかの〈紅天〉開発星系でも同じです。有力星系はどこも殖民星系を作っていますが、たいてい、開発が進むと独立運動が起きて、治安の悪化や経済の停滞が生じます。だが、〈紅天〉にはそれがない。差別や不満がありながら、共に経済成長を続けているのです」

「……もしかして、〈紅天〉ってスゴイ星系なんじゃないですか？」

「ええ、そうでなければ、東銀河連邦への直接加盟が取りざたされるはずがありません。それを後押ししている有力星系はいくつかあるようですが……」

ムックホッファが、具体的な星系の名前をあげた。

「……これらの星系に、なぜ〈紅天〉に肩入れするのか確認したところ、いずれもバランスの取れた星系開発の手腕を理由に挙げていました」

ムックホッファは紅茶を一口飲んだ。

「この紅茶も、〈紅天〉が開発した農業星系〈豊葦原《とよあしはら》〉の特産です。〈紅天〉傘下の星系《ほし》はどこも、その星系《ほし》の強みを生かした経済を発展させる。一種の分業化であり、星系間貿易の利潤で〈紅天〉が潤う形になっているわけです」

「あの、その……じゃあ」

ロイスは根本的な疑問を口にした。

「じゃあ、どうして〈紅天〉はこんなことをしたんですか？　〈蒼橋〉動乱の最初から、わたし〈蒼橋〉にいましたけど、〈紅天〉がやってることって、ムチャクチャじゃないですか！　重金属バブルとかよく分からない理由で紛争を起こすし、〝天邪鬼《アマンジャク》〟は招くし、〝L〟は破砕しようとするし……おまけに、連邦宇宙軍にケンカ売ってまで……どう考えてもおかしいですよ！」

　ムックホッファは言葉を選ぶように、ゆっくりと答えた。

「上に立つ人であれば、野心はあります。そのために裏で画策することもあるでしょう。それは〈蒼橋〉でも同じですし、連邦の有力星系もそうです。ですが、ロイスさんがおっしゃりたいことは分かります。わたしは基本的に軍人ですから、軍事的な面を中心に分析してきましたが、〈紅天〉のやりようはあまりに杜撰でした。

　最初の〝団子山《みたらし》〟制圧にしても、IO《Irregular Object》……〝天邪鬼《アマンジャク》〟を利用した作戦にしても、その後のキッチナー艦隊への奇襲攻撃にしても、〝L〟破砕にしても……ひとつひとつは、知恵と時間をかけて練りに練った作戦であるにもかかわらず、なぜか全体を通してみれば、ちぐはぐで、一貫性がない」

「連邦直接加盟も可能なほど、優れた星系開発能力を有する星系《ほし》なのに、どうしてこんなことになったんでしょう」

「優れた開発能力を持っているからこそ、〈紅天〉はこのような愚かな動乱を起こしてしまったのではないか、とわたしは思うのですよ」

「……はい？」

「新たな殖民星系を開発するために、〈紅天〉からは毎年、多くの優秀な若者が宇宙へ出て行きます。開発が進めば、今度は星系間の交易という儲けが大きな仕事のために、資本が宇宙へ流れて行きます。優秀な人と優良な資本が常に外に向かうため、星系が全体として高い利益を得ているのに、〈紅天〉で暮らす人たちは、自分たちが取り残されているような、閉塞感があるんです。それが〈紅天〉内部での保守主義の台頭を招いたのだと、わたしは思います」

ロイスは手元の携帯ビューアー《てちょう》を開き、画面の上に置いた指を滑らせるようにしてメモをぺらぺらとめくった。

「ムックホッファさんのお話は、わたしが取材で聞いたことと一致します。〈紅天〉の人はですね、皆、今回の動乱で明らかになった計画をとんでもないと思ってます。成功するはずがないし、成功してもロクなことにならない、馬鹿な計画だと。皆さん、同じことを言うので、わたし、聞いてみたんですよ。〝あなただったら、どうしましたか？〟って。そうしたら……」

「そうしたら？」

「びっくりしてました。全員」

「びっくり？」

ロイスの言葉は、ムックホッファの予想していたものの中になかったのだろう、ムックホッファは思わず目を見開いた。

「〈紅天〉にいる人たちって、言いたいこととか、こうなってほしいという想いはあるんですけど、基本的に他人事なんです。自分が何とかできることじゃない、って思ってるんです。だから、景気のいい言葉や、威勢のいい言葉を並べる人についていけばいい、としか思っていなかったみたいなんですよ」

——そうか、そういうことなのか……。

ムックホッファとロイスの会話を、少し離れたところで聞いていた老人は、〈紅天〉の宿痾《しゅくあ》がようやく見えた思いだった。

——無力感だったのだ。優秀な人材は外に出て行く。残った者の中には、自分を否定されたという無力感だけが残る。

個人的な無力感の無意識の集合体は、政治という形で現われた。無力な人間が欲するのは何か。それは力だ。無力ではないと思いたい、という意思の力。

だから、〈紅天〉は、東銀河連邦への直接加盟に飛びついた。もっと力を持つことができれば、自分が無力ではないと思いこめる。

謀略をしかけて〈蒼橋〉動乱を起こしたのも、〝L〟破砕を計画したのも、対消滅弾を使用したのも、すべて力を欲したがゆえだ。

〈紅天〉は、ほかの星系《ほし》の運命をねじ曲げる力があれば、自分の運命も動かせるような気がしていたのだ。

老人は、大きくため息をついた後で、小さく頷いた。

今回の騒動で、〈紅天〉は計り知れないダメージを負った。だが、そのダメージから回復する活力によって生まれ変われるかもしれん。

――つまり、隠居などしている場合ではない……ということだな。

老人の唇の端に浮かんだ笑いを見て、黒服の男が、怪訝そうに聞いた。

「いかがされましたか？」

「ん？　ああ、たいしたことではない。自分にまだ出来ることがあると知っただけのことだ。〈紅天〉は終わらぬ。終わらせてはならぬ。わしらには、先達から引き継いだこの〈紅天〉を、後から来るものに引き渡す義務と責任がある……そういうことだ」

13

〝L〟破砕が阻止されて三ヵ月が経過した。

〈蒼橋《あおのはし》〉の復旧は、一部を除き、順調に進んでいた。その一部というのは、L区である。

「EMPによる損害を受けた古い鉱山は、一部をのぞいて破棄するしかないでしょう」

「そうか……仕方ないな」

「〝L〟破砕の時の対消滅弾で発生した〝天邪鬼《アマンジヤク》〟がトドメになりましたな」

「仕方あるまい。あの時点では有人衛星を守るだけで手一杯だったからな」
〝一粒山《ひとつぶやま》〟の御隠居と〝簪山《かんざしやま》〟のカマル主席は延々と続く被害のリストにいささかうんざりとした表情になった。

特使であるムックホッファの報告をもとに、東銀河連邦安全保障委員会は、〈蒼橋〉動乱の責任は〈紅天《こうてん》〉にあるという裁定を下した。そして、それまで〈紅天〉の資産であった鉱山を始めとする施設の多くが〈蒼橋〉に移譲された。

しかし、それらは今や債権ではなく負債も同然だった。EMPと〝天邪鬼《アマンジャク》〟による被害を修復しないかぎり、利益を生み出すことはない。

モニターに延々と続く破損部位と、その修理、交換に関する見積リストを眺めて、カマル主席が、ため息混じりに呟いた。

「このままだと遠からず破産だな」

「問題は、破産させてもらえないってことですな……」

御隠居が同じくため息混じりに返した。

「中央星系の投資家が、〈蒼橋《うち》〉をターゲットにしていますからね。放置したら、蛇口をひねると金が出るほど、〈蒼橋〉に資本が入ってきますよ。一〇年もしないうちに、ブリッジにある岩塊《ヤマ》全部が、どこかの資産として管理されかねんな。こちらにもちかけられる融資の金額の桁がひとつふたつじゃなくて、五、六個違う。この星系《ほし》の未来を売り飛ばせば、億万長者になれますな」

カマル主席は、苦い笑いを浮かべて答えた。

「その金で何をしろというのかね？　金を転がして金を増やすことに生き甲斐を感じる人生を否定はしないが、わたしの趣味じゃないな」

「わたしもです。それに、馴れないことをしても、あっという間に、あぶく銭を海千山千の金融業者にむしられて終わりですよ。職人は職人の生き方しかできませんや」

「しかし、こうなると必要なのは……」

「仕事ですな。それも外の星系《ほし》との。むちゃくちゃになったブリッジの復興は大事ですが、復興に関する仕事は経済的には内需です。偏りすぎると、後がつらい」

今回の動乱は、世間の目には〈蒼橋〉側の勝利と独立と映っているが、前後半年以上もの間、〈蒼橋〉は事実上営業停止状態であった。人命の損失は最低限に抑えられたとはいえ、長年にわたって準備してきた資源や資材をまとめて放出しきったため、経済的には目《め》眩《まい》がするほどの大損になっている。

これから数年、〈蒼橋〉の生活レベルが極端に厳しいことになるのは確実だった。

「外との商売だが……これまでは、紅蒼通商協定のおかげで、〈蒼橋〉の物品は全部〈紅天〉系列の企業を通してしか輸出できなかった。それが撤廃になったのはうれしいが、今度は自分たちで販路を見つけなくてはいけない」

「変化が早すぎやした。今の時点では手に余ります。紅蒼通商協定がなくなるにしてもそれは、一世代、二世代かけて段々に有名無実になっていく……という展開しか想定していませんでしたからね」

カマル主席は、小さく頷いた。

「わたしは自分の生涯をかけて、関税や外交の不平等を、粘り強く交渉しようと思っていたよ。例の、孤児と苦学生への支援を名目にした義勇軍のスポンサーたちとの交渉は？」

「和尚に頑張ってもらってますが、いかんせん、裏の人脈でやすからね。関わってる人の中には政財界の大物もいますが、組織を動かすってことになりゃあ、電話一本で何とかなるものじゃありません」

「企業が動くとなれば、経営会議をして方針を決め、調査員を現地に派遣して情報を集め、それをもとにまた会議をして担当する部署や人員を決定し……だからな」

「金のある中央星系《ほし》ほど、リスク軽減のため腰は重くなります。むしろ、金のない辺境の星系《ほし》の方が動きは早いですよ。〈星涯《ほしのはて》〉という星系《ほし》の企業が技術提携を持ちかけてきました」

「〈星涯〉？　どこだ……なんだ、えらい田舎の星系《ほし》だな」

カマル主席は地図を検索して呆れた顔になった。

そこは、東銀河連邦の西北部、〈蒼橋〉とは中央星系を挟んで反対側に位置する星系《ほし》だ。

か狙ってます」

「〈星京《ほしのみやこ》〉にせよ〈星河原《ほしのかわら》〉にせよ、中央星系の連中は、〈合金《アロイ》〉を〈蒼橋《うち》〉に作らせ、自分のところは資本の力で利益だけ得ようという腹だ。でも〈星涯〉は違います。こいつら、自分とこでも〈合金《アロイ》〉の生産ができないか、それが不可能でも〈蒼橋〉の技術を盗めないか狙ってます」

「辺境ならではのバイタリティだな。中央星系の資本家に比べると好ましくさえ見えるが……今のところは、こっちの役には立たんな」

「ってぇことになると……こいつは、東銀河連邦の持ちこんできた話に乗るしかありませんな」

腕組みをして答えた御隠居を見て、カマル主席は小さく頷いた。

「惑星・蒼雪《あおのゆき》に、連邦宇宙軍の基地を建設する計画か……たしかに、実現すれば、大量の建築資材や推進剤《アイス》の需要が見こめるな」

「実現はほぼ確実でしょう。〈紅天〉は星系軍が実質的に解体されたも同然の状況です。重巡航艦のすべてが廃艦となり、軽巡航艦も半数が削減。その上、現時点では連邦宇宙軍の許可がなくては跳躍点の利用すらできねえわけですから。

今はまだ、機動戦艦部隊を含む第七戦略艦隊がいるからいいようなものの、それが撤退すればこのあたりは軍事的に空白地帯になりやす。それを防ぐためにも、連邦宇宙軍がここに入ってくるのは当然ってことですな。それと……こいつは和尚からの話ですが、連邦の内部には〈蒼橋〉を連邦直轄星系にしてしまえ、って声が少なからずあるみたいです。そいつらを黙らせるのに、連邦宇宙軍の基地は都合がいいそうで」

「直轄星系にする大義名分が〈蒼橋〉を保護するため、だからな。だが、当の連邦宇宙軍はどうなんだ？」

「高級士官のポストが増えて嫌がる軍はありません。ましてやこの〈蒼橋〉じゃあ子供から大人まで、連邦宇宙軍は大人気だ。自分たちを守るために血を流してくれたってぇことを知らねえヤツはいねえ。それに、たがいに実利もあります。連邦宇宙軍がいれば、われわれは今後、蒼雲驟雨《シャワー》で連邦宇宙軍の加勢を期待できる。連邦宇宙軍も、実戦的な的が手に入る」

「義勇軍の仕事が楽になるな」

そう言って微笑んだカマル主席を見て、御隠居は肩をすくめて見せた。

「どっちにしても、そいつは未来の話です。後かたづけが終わったら、わたしは隠居に戻りますよ」

「隠居はいいが、後継ぎはどうする？」

「播磨屋源治《はりまやげんじ》です」

「ハイネマン中佐かね？　若すぎないか？」

「今すぐってわけにはいきませんな。しばらくはシュナイダーを頭《かしら》に据《す》えてしごいてやります。これから〈蒼橋〉は大きく変わっていきます。〈蒼橋〉だけではなくて、〈紅天〉や連邦、そして他の星系《ほし》との関係も。そのためには若いやつらがトップに立つことが必要なんですよ。一線を退《しりぞ》いた隠居がいつまでもでかい顔してちゃ、いけません。ていうか、若いやつが苦労するのがスジです」

御隠居はにやにやと、意地の悪い笑みを浮かべた。

蒼宙横町《あおぞらよこちょう》にある、小料理屋〝鹿の子《かのこ》〟。〝簪山《かんざしやま》〟奥深くで冷凍睡眠から人々が目覚め、分離していた蒼宙港も合体したことで、いよいよ営業再開である。

「ロイス姉ちゃんの〈紅天〉出張の慰労とー」

「ウチの大将と小雪《こゆき》さんの結婚式の日取りが決まったことを祝してー」

「かんぱ〜い！」

その〝鹿の子〟に、播磨屋一家の乾杯の声が木霊《こだま》する。

「いや、久しぶりだな、この味」

「動乱が始まってからずっとパックの食べ物ばかりでしたからね」

「甚平《じんぺい》兄ちゃん、がっつきすぎ」

「んなこと言ってもよ。こいつは……ん、んごごっ？」

「子供の頃から変わらないな、おまえ。ほら、水だ。口移ししてやろうか、お義兄《にい》ちゃん？」

「何で、辰美《たつみ》さんがここにいるんです？」

「細かいことはイイっこなしだョ」

にぎやかなのも道理で、播磨屋一家に加えて、辰美やロイス、沙良《さら》までいる。

「すいませんね。こんなものしかなくて」

ごま塩頭の板さんが頭を下げて出したのは、動乱が起きる前から冷凍保存されていた小《こ》鰯《わし》の天麩羅《てんぷら》である。

「いやいや。ちゃんと釜で炊いた飯が出るだけでもありがたい」

「〈豊葦原《とよあしはら》〉との交易は、まだストップしてるんだっけ？」

「いちおうは再開されたんですが、復興のための資材が優先されてますから、生鮮食料が届くようになるのは、まだ先だそうです」

「戦争が終わってめでたし、めでたしとはいかないか」

「はい。全部これからですよ。〈蒼橋〉も、〈紅天〉も、そしてわたしたちも！」

ロイスが力強く宣言し、ジョッキをあける。

源治はちょいちょいと手を動かして甚平を呼ぶ。

「……おい、甚平。おまえ、ロイスになんかしたのか？」

「いや、特に何も。戻ってきてからずっとあんなテンションでして。辰美までなんか昔に戻っておかしくなってますし……おれには何がなんだか……」

「何がなんだかわかんねぇのは、これはこれで困ったもンだが、まあそっちはいいや」

「あー、何、男同士でひそひそ内緒話してるんですかー。イヤらしー」

ゆでダコのような顔になったロイスが源治と甚平の間に割りこんできた。

「あ、いや。おまえさんが書いた〈紅天〉の記事の話をしてたんだよ。今まで〈紅天〉のやつらといえば憎いだけだったが、あいつらにも金持ちもいれば貧乏人もいるし、いいヤツもいれば、悪いヤツもいる。違う星系《ほし》でも、仲良くできるヤツはいるんだよなぁ、って」

甚平が言うと、ロイスはきょとん、とした顔になり、続いて、にまぁ、と大きく笑みを浮かべた。

「そーなんですよ。わたし、甚平さんにそう言ってもらえてうれしいです」

ロイスが甚平に抱きつく。

「うわ、やめろ、おい。当たってる、当たってる！」

「おいこら酔っぱらい。飯の邪魔だ、出ていけ。ついでに〈星湖《ほしのうみ》〉に帰れ」

「辰美！　おまえもなんでそんなに攻撃的なんだよ！」

「甚平兄ちゃん、モテモテだなぁ」

「不幸なのハ、本人が自分がモテてることに気がついてないことさネ」

「でも、ロイス姉ちゃんの記事が良かったのはぼくも同意だね。ムックホッファさんのインタビュー記事にもあったけど、〈紅天〉の人が自分たちを無力だと感じたことが、今回の騒動の発端だとしたら……いろいろと、納得できるんだ」

「なんデ？」

「〈蒼橋〉ってさ、貧乏なんだよ。暮らすのは大変だし、〈紅天〉に経済を牛耳《ぎゅうじ》られていたし、んでもって、とにかく岩塊《ヤマ》を掘って暮らすしかなかったんだよ。義勇軍だって、蒼《シ》雲驟雨《ヤワー》に備えたものだからね。みんなが、出来ることをやらないと、生きていけなかった。でも、貧乏にも悪いことばかりじゃない。〈蒼橋〉ってさ、自分に出来ることを頑張れば、皆がそれを認めてくれるんだよな。自分が何をしたらいいのか分からない、なんて贅沢なことはここじゃ言う機会すらないだろ？」

「〈紅天〉は贅沢で自由すぎたってコト？」

「うん、〈紅天〉で暮らすのは楽だよね。〈紅天〉には義勇軍みたいな組織は必要ないし。でも、楽なことと楽しいことは違うと思うんだ。何も努力しないで生きていけるのって楽だろうけど、誰からも認めてもらえないのは、きっと楽しくないよな」

「あ！　それです！」

　甚平をはさんで、辰美ともみ合いをしていたロイスが、昇介に向きなおった。昇介は会話の合間に口に運んでいた箸を止める。

「え？　これ？　牡蠣フライだけど、ロイス姉ちゃん、牡蠣はダメじゃなかったっけ？」

「牡蠣じゃありません！　義勇軍です。ムックホッファさん、褒《ほ》めてましたよ。〈蒼橋〉の義勇軍のこと。あの組織とシステムはすごい。ああいったものが他の星系《ほし》でも必要だ、って……」

その言葉に、播磨屋一家はたがいに顔を見合わせる。

「連邦宇宙軍みたいな立派なところの将官やってるムックホッファさんが、なんでまた義勇軍みたいな組織を褒めるんだ？」

源治が首をひねった。

「あの人は、軽巡航艦二隻で〈紅天〉相手に大活躍だったよね。おれが仕留めそこねた岩《ヤ》塊《マ》をぶち抜いたのもあの人だろ」

「ああ、御隠居がベタ褒めだったな。あの人がいなけりゃ、〈紅天〉も〈蒼橋〉もどうなってたか分からない、って。そりゃ立派な人だとは思うが……ちと、おせっかいなところもあるよな……」

源治の表情が冴えないのは、連邦の現地軍として〝L〟破砕阻止を指揮した功績から、ムックホッファに勲章を申請されているためである。

酎ハイのグラスを抱えこんで、みんながムックホッファのことで盛り上がるのを聞いていた沙良が、ぼそっと呟いた。

「あの人は、弁務官事務所でもよくしてくれてるし、すごい人なんだケド……ちょっとイヤな噂を聞いたヨ」

沙良の言葉を聞きつけた源治が顔を上げた。

「そういや今、沙良は連邦の弁務官事務所で働いているんだよな……なんかあったのか？」

沙良は言いにくそうに答えた。

「うん、実は、今回の紛争は〈紅天〉がやったことじゃなくて、連邦宇宙軍が仕組んだって噂が流れているンだって……」

「はあ？　なんだそりゃ？　頭に蛆《ウジ》でもわいてんのかそいつは」

源治が今度こそあきれかえったという口調で焼き鳥の串をくわえる。

「けっ！　馬鹿じゃねえの？　なんでそうなるんだよ！」

甚平もはき捨てるように言った。だが、昇介は黙って考えていた。

二呼吸ほどの間《ま》の後で、昇介が呟いた。

「ん……そうか、それって、結果から逆算した噂なんだ」

「どういうことだ、昇介？」

「今回の一連の事件の結果、一番得をしたのは連邦宇宙軍なんだ。〈紅天〉相手の戦いではさすが連邦宇宙軍は星系軍と違うって知らしめることができた。逆に〈紅天〉は軍事力をほぼ喪失して、このあたりの宙域は連邦宇宙軍の支配下にあると言っていい。将来は連邦宇宙軍の基地が〈蒼橋〉に置かれるから、〈合金《アロイ》〉の流通も支配する形になる」

「おいおい。〈紅天〉との戦いじゃ、キッチナー中将はじめ、何千人って兵士が死んでるし、〈合金《アロイ》〉に至っては〈蒼橋〉の人間すら、あることを知らなかったんだぜ？　いくらなんでも、無理がありすぎるだろ、それ」

「そんな現地の情勢なんか知っている人、連邦の中でも一部だよ。それで、あまりに荒唐《こうとう》無稽《むけい》だから、そもそも反論のしようがない噂なんだ。違う？」

「違いません。昇介君の言うとおりです」

そう答えたのは、ロイスだった。酔いがまわるのも早いが、醒《さ》めるのも早い。うつむいて焼酎の入ったコップをちびちびとなめる。

「ニュースってのは、どれだけ頑張って書いても、相手の知りたいことしか伝えられないんです。陰謀論が好きな人は、どんな記事からも陰謀論しか読み取りません。記事に書いてあることを読み飛ばして、書いてないことを読みこんじゃうんですよ」

「打つ手なしだな、そりゃ」

「それでも――」

ロイスは顔をあげた。

「それでも、伝えようとすることには意味があると思います。興味を持って、考えるきっかけになってくれれば。すぐには伝わらなくても、まいた種が時を得て芽生えるように、人の心を動かしていくと思うから」

ロイスはそこまで言って、皆が自分を見ているのに気づいて真っ赤になる。

「皆さん、何、こっち見てるんですかーっ！」

「いやあ、さすがは記者だな、と」

「感心しましたよ、ロイスさん」

「うう……源治さんも小雪さんも意地悪です」

その時、〝鹿の子〟の暖簾《のれん》をくぐって、ふたりの男が入ってきた。

「おお、ここか。こりゃ分かりにくい」

「お邪魔するよ」

「あ、大尉さンと……ムックホッファさンっ？」

「え？」

沙良の素っ頓狂な叫びに、客も従業員も、全員の視線が入り口に向けられる。

そこにいるのは、弁務官事務所付きの武官である熊倉《くまくら》大尉と、連邦宇宙軍准将にして弁務官のムックホッファのふたりだった。

〝鹿の子〟創業以来のＶＩＰの入店に、播磨屋一家とムックホッファは女将に無理矢理、一番奥の座席に押しこめられた。

「突然押しかけて、悪かったね」

ムックホッファは頭を下げた。

「連邦外交部から、正式の弁務官が来ることになってね。来週には〈蒼橋〉を引き上げることになった。それで、最後に会っておきたいと思って」

「そういや、〝L〟の時にも防人《さきもり》リンクで話をしただけでしたね。しかし……なんで、おれなんですか？　御隠居じゃなくて？」

「御隠居？　……ああ、滝乃屋《たきのや》の司令長官には、さっきお会いしてきた。それで、先のことも考えるなら播磨屋さんに会っておけ、と言われてね。この場所は、滝乃屋さんに教えてもらった」

「御隠居め、また何か悪企みしてやがるな……あ、いや、失礼しました」

「いやいや、今日は公式の場でもないからね。普段どおりでいいよ」

「そういうわけにも……まあ、ありがとうございます」

そうやって、しばらく言葉をかわしているうちに、源治の言葉や態度から遠慮が消えていく。御隠居がムックホッファに源治を紹介した理由が、「次の次あたりの義勇軍の司令長官はあいつにやらせるから」だと聞いた時には、小雪がぎょっとするほど遠慮のない悪態が口をついたほどだ。

「兄貴が、初対面の人にあそこまで遠慮ないのは珍しいな」

「ああ見えて、どちらかというと、エエ格好する人だものね」

源治とムックホッファのふたりが盛り上がるのを甚平と昇介は不思議そうにながめた。

「准将は、相手を安心させる名人だからな」

ロケ松が得意そうに言う。

「あの人が艦長をした重巡航艦の《アテナイ》は、連邦宇宙軍でも最高のチームワークを誇ったもンだ。ド素人と変わんない新米でも、実力以上を引き出すって有名だったんだぜ」

「へえ……どうやって？」

「いま言ったろ。安心させることで、だよ。不安なヤツ、恐怖を感じてビビってるヤツは、実力なんか出せない。たとえ誰かが失敗しても、そいつを取り戻すために全員が一致団結する。准将は、部下の不安と恐怖を取り去る名人なのさ」

「そうだね。失敗したらどうしよう、って思ってると、腕も頭も動かないもの」

昇介がうんうん、と頷く。甚平はちらり、と脇を見た。ロイスと辰美はどうやら飲み比べを始めたらしく、仲良くジョッキを重ねている。

「失敗したら、どうしよう……か」

「うん？　どうした？　ロイス嬢ちゃん、なんかあったのか？」

ロケ松が沙良に聞く。

「ロイスさんと、辰美の姉さンは、そこの色男を取り合って修羅場だヨ」

「いや、違うって！　おれはその……」

甚平がごにょごにょと口答えをするが、ロケ松と沙良は無視して情報交換を続ける。

「そういや大尉も、いちオうは既婚者だったネ。何かそこのへたれ色男にアドバイスしてやってヨ」

「いちおうってのは余計だ。ふーむ……」

ロケ松は甚平の顔をじろじろと見た。

「なンだよ。お節介ならよしてくれ。おれだって、何も考えてねぇわけじゃないんだ」

「失敗したら、どうしよう……ってか？」

「なっ⁉」

「本音ってなぁ、ぽろりと漏れるもんさ」

「てめぇ、ケンカ売ってんのなら買うぞっ！」

「落ち着けよ。若い頃に失敗したのはな、おれのほうだよ」

「え？」

ロケ松はコップ酒をごくり、ごくり、と飲んで喉を湿らせた。

「若気《わかげ》の至りとやらで結婚したのはいいが、こんなヤクザな稼業だからな。家にはいない、稼ぎは悪い、おまけにいつ死ぬか分からないとくらぁ。おまえさんも、同じコト考えてンだろ？」

「……う」

「ちょ、ちょっと熊倉大尉。甚平兄ちゃん、色恋だとノミの心臓なんだから、あまりシリアスな話をしちゃ……」

昇介が小声でロケ松を止めようとすると、それまで黙って様子を見ていた忠信《ただのぶ》が昇介を手で制した。

ロケ松の言葉は続いた。

「振り返ってみりゃあ、おれはいい旦那じゃなかった。若い頃のおれに会うことができたら、結婚なんざするなとブン殴るぜ。その娘の幸せを考えるなら、おれのような男じゃダメだってな」

「それで……もしそうなら、昔のあんたはどうするんだ？」

「それでも結婚するに決まってらぁ」

「失敗すると分かっててもか？」

「結婚はな、未来のおれのためにするんじゃねえ。今のおれと、おれが愛した女のためにするんだ。たとえ失敗したとしても、今やるべきことをやらなくて、未来なんかあるもんかよ」

「いいコト言ったーっ！」

ロケ松の背中をパーン、と叩いたのは沙良だった。一度だけではなく、何度もパンパンと叩く。

「え？　沙良……うわっ、酒臭い。沙良っ！　それアルコールだってば！」

「うるひゃイ！　昇介も今のを聞いたロ？　あたいに言うことがあるんじゃないのかッ?!愛してるとか、結婚しようトカッ！」

「まだ早……じゃない！　ぼくじゃなくて、甚平兄ちゃんの話だろ？」

「いや待て。おれは別に……」

「ヒドイですぅ、ここに来てまだ逃げるつもりですかあ？　〝露払い〟のくせに、股間のリニアガンは飾りなんですかあ？」

若い男女が次々と暴走していく様子を優しい目でじっと見ていたムックホッファはひとり頷いた。

「今の自分のために……そうだな、未来のことは、未来の自分がやればいい。今の自分がやるべきことをやっていこう。少々、役者不足な気もするが、世の中はそういうものらしい」

次の週。

ムックホッファとロケ松、そして末富《すえとみ》大尉は連邦外交部から派遣された正式の弁務官スタッフと入れ替わりに〈蒼橋〉を出立した。

平和維持艦隊での功績と、外交部出向時の功績からムックホッファには少将と〈星湖〉基地司令の辞令が下された。

連邦宇宙軍の艦艇の四分の一を管理する最大根拠地である〈星湖〉基地司令は、軍人としての能力だけが求められる艦隊司令とは違い、外交などの腹芸が必要となる。〈蒼橋〉動乱を見事に解決したムックホッファは、いずれ連邦宇宙軍の柱石《ちゆうせき》となる……そんな風に評価され、期待され、そして恐れられていたのである。


そして、それから、三年の時が過ぎた……。

〈星海企業〉、始動！

登場人物

ジェリコ・ムックホッファ……もと東銀河連邦宇宙軍中将
和尚……………………………〈蒼橋〉葡萄山細石寺の住職
熊倉松五郎……………………東銀河連邦宇宙軍中佐
末富……………………………同大尉
ピーター………………………〈蒼橋〉の孤児

1

東銀河系の西北部。

そこに、東銀河連邦の政府が置かれている首都星系〈星京《ほしのみやこ》〉がある。

その星系には酸素と水のある、地球《テラ》型の惑星があり、数多くの人々がその惑星上で暮らしていた。

だが、首都と呼ばれるにふさわしい東銀河連邦政府の根幹を担う、司法、立法、行政、軍事の各部門の最高機関は、この惑星の地表にはない。

それらの施設は、惑星の衛星軌道上に構築された巨大なリング状の構築物の中に置かれていた。

この構築物の中には、連邦の政府機関だけではなく、連邦を構成する各星系の出先機関や、各種の民間組織、団体などの事務局と、その業務に従事する人々の居住区、そして何よりも、この〈星京〉を訪れる宇宙船を迎え入れる、巨大な宇宙港がある。〈星京〉が首都星系となる前の、王政期の首都星系であった〈星古都《ほしのふるみやこ》〉では、国家機関のほとんどが惑星の地表に置かれていた。

だが、衛星軌道上の宇宙港から、地表に降りるには軌道エレベーターを使うしかなく、東銀河連邦が拡大し、首都機能が増大してくると、地表と衛星軌道上の宇宙港とを結ぶ部分が大きなネックとして立ちはだかった。

この問題を解決するために、東銀河連邦政府は、国家の主要な機関を衛星軌道上に移した、新しい首都星系を作った。それが現在の〈星京〉である。

宇宙空間に構築されたリング状の巨大な構造物の中には、惑星表面のような昼夜の区別はない。だが、人間の生理的なリズムを維持するために、連邦標準時に合わせた周期で照明がコントロールされ、人為的な昼と夜が作られるようになっている。

連邦政府の軍事部門を統括する連邦宇宙軍関連の建物は、建造物の内部表面積の一割以上を占め、そこで働く職員数は、地方都市の人口と変わらぬほどだった。

連邦標準時の午後六時を過ぎ、夕暮れを思わせる照度に照明が落ち始めた首都の中を、他の行政機関から退庁する職員たちが一斉に行きかうようになっても、連邦宇宙軍の建物の中には、ざわめきが満ち、廊下を気忙《きぜわ》しげに職員が行き交っていた。

ムックホッファは、執務机の前に展開されている汎用端末のスクリーンに目を落として、時間を確認すると、端末のキーを叩いて、秘書の事務官を呼んだ。

〝お呼びでしょうか、閣下〟

汎用スクリーンの右下に開いた小さなウィンドウに映った若い利発そうな士官に向けて、ムックホッファは静かに言った。

「今日の業務は終了だ、一〇分後に退庁する……車をまわしてくれ、この後、人と会う約束があるのでね」

〝了解しました〟

事務官は、簡潔に答えると、小さく会釈してウィンドウを閉じた。

自分の執務室を見まわしたムックホッファは、感慨深げに小さくため息をつくと、ゆっくり立ち上がった。

その軍服には将官を示す金色の星が三つ輝いていた。

――この部屋で仕事をするのも、あとわずかか……あれから三年、長いようで短かった。

少将に昇進して〈星湖《ほしのうみ》〉基地司令官として着任したムックホッファは、二年間の任期を全《まっと》うした後で、この〈星京〉にある連邦宇宙軍統合参謀本部に栄転し、中将となった。

平時の軍隊は、下士官と下級将校の昇任は遅いが、将官の昇進は早い。将官の数と役職の数のバランスを取るために早く昇進させる代わりに早期に退役させる。そうしないと、ポストが空かず、後がつかえてしまうのである。

中将となったムックホッファの軍人としての残り時間は一年を切っていた。

一五分後。

ムックホッファを乗せたエレカーは、官庁街に接している商業地区の中を走っていた。若者向けの派手なブティックや、今風の料理を食べさせるレストランなどが並ぶ一角を、黒塗りの連邦宇宙軍の公用車がゆっくりと走りぬけて行く。

まだ宵の口だというのに、早くも酔っぱらっているのか、それともドラッグをキメているのか、道路の脇にたむろしていた数人の若い男女の一団が上げる嬌声《きょうせい》が、車の中にもかすかに聞こえて来た。

助手席に座った事務官が、念を押すように聞いた。

「先程ご指示のあった場所に向かっておりますが……本当に、こちらでよろしいのですか？」

「指示した場所に間違いはない。セキュリティ上の問題が生じないように、公用車で来てくれ、というのも向こうの依頼だ」

「はあ、確かに、この車でしたらセキュリティは万全ですが……」

ムックホッファは、車の後方に、ちらりと視線を投げて、唇の端に皮肉な微笑みを浮かべた。

「それに……公用車なら、憲兵隊の調査局の連中も、後をつけやすいだろう」

助手席に乗っていた事務官が、はっとしたように目を見開いた顔が、後部座席のモニターに映った。

「連邦宇宙軍の裏も表も知りぬいた人間が、退役して軍という囲いの中から自由になるのだ。囲いを出てどこに行くのか、その身の振り方を知りたがるのは当然だ。驚くようなことではなかろう？」

「閣下は、退役後に嘱託の軍属として、士官学校の講師を務める……というお話をお断りになったそうですね……」

「ああ、断った。軍を辞めた人間が、未練たらしく軍にしがみつくのはわたしの性に合わんからな……」

「しかし、閣下の経験は、後に続く者たちにとって、大いに参考になると愚考致します」

ムックホッファは、肩をすくめた。

「わたしがやってきたことは、すべてデータベースに記録されている。年寄りが、あやふやな記憶を元に述べる主観的な事実よりも、はるかに客観的で正確だ。戦いに勝って生き延びる方法を学ぶには、あのデータベースがあれば充分だ……」

ムックホッファはそこで言葉を切ると、視線を車の外に広がる歓楽街のネオンサインに移して、小さくため息をついた。

「……わたしが、本当に教えたい知識や経験は、口外してはならない事実と背中合わせなのだ。それを教えることができないとしたら、わたしの講義に意味はない……講師を断ったのは、そういうわけだ」

車は、繁華街の路地をゆっくりと曲がった。

今までの華やかな街並みが嘘のような、静けさが車を包んだ。

派手な看板や、原色の照明は影を潜め、路地の両側には、落ち着いた街並みが続いている

「目的地はこの先にある料亭だよ、あと二〇メートルほど行くと門がある。そこで降ろしてくれ」

「あ、はい、了解しました！」

あたりを見まわしていた事務官は、そう答えると、あわててオートナビゲーションの入力座標を確認した。

「お迎えは、何時頃に？」

「いや、いい、公務で通せるのは、ここに来るまでだ。さすがに飲んだ後で家まで送らせるわけにはいかん。帰りはタクシーを呼ぶ」

「了解しました……」

事務官は、小さく一礼しながら思った。

——この方は……絶対に隙を見せない……組織に所属しているが、組織を頼らない。ある意味完璧な一匹オオカミだ。軍の上層部が警戒するのも無理はないな。

それにしても、こんな料亭で、誰と会うのだろう？

ムックホッファは、事務官の思考を読み取ったかのように静かに答えた。

「わたしが今日、ここで会う人間は、例の蒼橋《あおのはし》動乱で知り合った方でね……名前は、ウォルフヴァング・フォン・バックハウス。もっとも、わたしは〝和尚〟と呼んでいるがね」

「和尚……と言いますと、僧侶の方ですか？」

「ああ、そうだ、正覚坊珍念《しょうかくぼうちんねん》というのが、僧職としてのお名前だ……憲兵隊に聞かれたら、そう答えてくれ。向こうもそれで納得するだろう」

ムックホッファが、そう言って微笑んだとき、料亭の玄関の前で、公用車がゆっくりと停まった。

ムックホッファが通された部屋は、料亭の一番奥にある、庭園に面した座敷だった。

女将《おかみ》が開けた襖の向こう。縁側にほど近い畳の上に一人の男が正座して微笑んでいた。

「お久しぶりですな、ムックホッファ中将閣下」

「いや、こちらこそ……蒼橋ではお世話になりました」

「まあ、立ち話もなんだ、どうぞお座りください」

和尚は、三年前と変わらぬ、屈託のない微笑みを浮かべて、床の間の前に置かれた座布団をすすめた。

「では、失礼して……」

ムックホッファは、軽く頭を下げると、座卓の前に置かれた座布団の上に腰を下ろした。

体重と体温を感知した低反発全自動座布団が、足がしびれないように尻と太ももの内側を包みこむように変形した。

「こいつは何とも。妙なものですな」

尻の下で、もぞもぞ動く座布団の感触に、落ちつかない表情をするムックホッファを見て、和尚は笑った。

「椅子にしか座ったことのないかたには、いささか面妖に感じられるかもしれませんが、なに、すぐに落ちつきます」

やがて、座布団のポジションが決まったのだろう、ムックホッファは、ほう、とため息をついた。

「確かに、決まってしまえば、こいつは具合がいいですな」

「まあ、たとえて言うのもなんですが、〈紅天《こうてん》〉と〈蒼橋〉みたいなものですよ。国として定まらないうちは、いろいろと座り心地が悪いが、これ、と決まってしまえば、その形に沿って動いて行く。三年前のぎくしゃくした関係はどこへやら、今となっては〈紅天〉

もおとなしいものです」

「〈蒼橋〉は、景気がいいようですな。〈合金《アロイ》〉の生産が軌道に乗って、量産が始まったそうじゃないですか」

和尚は、女将が淹《い》れたお茶を一口すすってから、小さく首をかしげた。

「ええ、まあ、それも善し悪しってところですかな。〈合金《アロイ》〉が高値で売れて、儲かるとなれば、外からの資本もどっと押し寄せるわけで。そういった大手の商売に、〈蒼橋〉のノリが飲みこまれちまうんじゃないかって心配もあります」

「〈蒼橋〉のノリと、言いますと？」

「一言で言えば、職人気質なところでしょうな。〈合金《アロイ》〉の製造は儲かります。今まで採鉱艇に乗っかって小惑星掘りに行っていた連中が稼いでいた金の何倍って金を稼いじまう。そうなると、もう、採鉱艇に乗らなくなっちまう連中も出て来るわけですよ。より利益の上がるところに、人と資本が集まってくるのは、まあ当然のことで、流行《はや》り廃《すた》りってのは世の習いなんですが、採鉱艇乗りが〈蒼橋〉からいなくなっちまうと、蒼雲《シヤ》驟雨《ワー》を抑えこむ人間がいなくなっちまうわけでして……」

「ふむぅ……」

ムックホッファは腕組みをして考えこんだ。

「そいつは、困ったものですな……」

「ええ、どうするかってんで、ない知恵を出し合って考えたなかに、いっそのこと義勇軍をやめにして、常設軍を作っちまったらどうだ？　というのがありまして……」

「常設軍？」

「ええ、採鉱艇で小惑星を掘る本業の傍らで、〝天邪鬼《アマンジャク》〟を退治していた義勇軍と違って、〝天邪鬼《アマンジャク》〟退治専門の組織を作っちまおうって話です。〈合金《アロイ》〉で儲かるなら、そういう常設軍を維持することもできるんじゃないか？　って話でして……」

和尚は、そこで言葉を切ると、居住まいを正し、ムックホッファの目に視線を合わせて、さらっと切りだした。

「どうですか？　ひとつ〈蒼橋〉に来てくれませんかね？」

湯飲み茶碗に伸ばしていたムックホッファの手が止まった。

「それは……一度遊びに来い、という社交辞令の混じったお誘いではありませんな？」

「ええ、半分公式の〈蒼橋〉の軍事的顧問への就任要請と取っていただければ……退役後のご予定がおありでしたら、無理にとは申しませんが……確か、まだ退役後の去就は明らかにされていらっしゃらないとお聞きしました……」

ムックホッファは一瞬目を見開いたあとで、ふっと小さく笑った。

「相変わらず、アンテナの高い方だ……おっしゃるとおり、確かに、退役した後で何をするかについては、まだ誰にも話してはいません。退役軍人の身の振り方を世話する軍務局からは、いろいろなオファーが来ていますがね」

「ならば、なおのことです。〈蒼橋〉は、閣下に恩があります。ご恩返しができれば、と思っての申し出です。〈蒼橋〉に来ていただければ、決して不自由はさせません。それはわたしが請け合います」

ムックホッファはしばらく無言のまま考えこんでいたが、やがて、静かに答えた。

「三年前〈蒼橋〉の義勇軍のシステムを知ってから、ずっと考えてきたことがあります。それは、あの蒼橋義勇軍と同じような組織をほかの星でも作れないだろうか？　ということです」

ムックホッファの言葉は、和尚の想像していたものの中になかったのだろう。和尚は目を見開いた。

「義勇軍をですか？」

「ええ、そうです」

「しかし、あれは、〝天邪鬼《アマンジャク》〟と蒼雲驟雨《シャワー》に備えるために作られたもので、〈蒼橋〉だからこそ有用なのだと思いますが……」

「ええ〈蒼橋〉の義勇軍は、明確な目的があって作られています。しかし、天災であれ人災であれ災害というのは、いつ、どこで発生するか分かりません。そして、発生すれば、多くの人命と財産を失います。そういった、様々なアクシデントに即応できる組織を作りたいのです」

「ですが……そういった災害の場合は、星系政府や星系軍が対応するのでは？」

「そうです。そういうものがあれば、当然そういう組織が対応するでしょう。だが、〈蒼橋〉には、そういった組織は存在していませんでした。

この宇宙には、〈蒼橋〉のように星系軍すら持っていない辺境の星系がいくらでもあります。わたしは、そういう星系にこそ、義勇軍のような組織が必要だと考えたのですよ」

「ふうむ……」

和尚は考えこんだ。

「……確かに、辺境の星系の多くは、インフラを整備するのがやっとの貧乏星系で、とても自前の軍隊を持てるほどの余裕はありませんし、何かことがあれば連邦宇宙軍の辺境派遣軍が、その種の任務にあたることになっていますが、とても全体に手がまわりませんからな……」

和尚はそこで言葉を切ると、改めてムックホッファの顔を正面から見た。

「単刀直入におうかがいいたします。閣下は、そういった組織を、自分の手で作りたいとお考えなのですか？」

ムックホッファは、和尚の顔を見て、ゆっくりと頷いた。

「そうです。わたしの頭の中には、すでに組織の構想図ができあがっております。わたしは辺境域を地盤とした運輸業を設立するつもりです。軍に等しい機動力と輸送力を持つ民間企業、それは運輸業しかありません。わたしの蓄えを頭金にしてローンを組めば、中古市場に出ている旧式の貨物輸送船ならば購入できます。まずは、そこから始めるつもりでおります」

「なるほど……そこまでお考えになっていますか。ただの夢物語にするつもりはない、というわけですな……」

和尚は小さく頷いた後で、眉をひそめて見せた。

「しかし、水を差すようで申しわけないが……閣下は軍人としては優秀な方ですが、民間企業に関しては素人でいらっしゃる。ましてや企業を一から立ち上げるとなれば、どなたか、その手のことに詳しい方、運輸業のノウハウを持っている方、そういう人間がいなければ、とてもお一人では無理でしょう。

組織の中にいらした方に釈迦に説法とは思いますが、やはり組織は、人、金、モノがなければ成り立ちません。まずは人をお集めになるべきだと思います」

「おっしゃることは、よく理解しているつもりです。ですから、わたしは今日、あなたとお会いしたのですよ」

ムックホッファは、にっこり笑って言葉を続けた。

「つきましては……和尚、いや、ウォルフヴァング・フォン・バックハウス殿。わたしに力を貸してもらえないだろうか？　わたしと共に辺境義勇軍を設立してほしいのだ！」

「へ？」

和尚は目を見開いたまま、その場に固まった。

「それは……どういう意味ですか？」

「文字どおりの意味に受け取っていただければ結構です。組織を立ち上げるには、人、金、モノが重要だと、あなたご自身がおっしゃったとおりです」

「え、ええ、言いました、言いましたが……」

和尚は、真剣な表情で自分を見つめるムックホッファから視線を逸らして、ふう、と小さくため息をつくと、呟くように答えた。

「……ったく、なんてお人だろうね、この人は……連邦宇宙軍の中将サマともなれば、退役したあとの天下り先には事欠かないし、仕事しなくたって、年金もらって何不自由ない、悠々自適な暮らしが待っているってのに。何も好き好んで辺境で義勇軍なんざ作らないでも良さそうなものを……そもそも、誰かに作ってくれと頼まれたわけでもなんでもないんでしょう？」

「確かにそのとおりだ。別に誰かに作ってくれと頼まれたわけではない。わたしがそう思っただけなのだ、この世には義勇軍が必要だ、とね……」

ムックホッファはそう言うと、和風の庭園の向こうにそびえ立つ高層建築の光に視線を投げた。

「……この〈星京〉のような星系《ほし》ならば、何かあれば通報一本で、いつでも警察でも救急でも、公的な助けを得ることができる。だが、辺境はそうではない。辺境では、誰も助けてはくれないのだ。連邦宇宙軍も星間警察も、よほどのことでもなければ動かない。わたしは、個人の自助努力と公的な支援との隙間を埋める存在を作りたいのだ。人助けの組織をね……」

「人助け……ですか……」

「笑ってくれて構わんよ」

和尚は小さく首を振った。

「いえ、これが、世間のことを何も知らない、青二才の言葉なら笑うでしょう。でも、世間の裏も表も知り尽くし、酸いも甘いも嚙み分けた、連邦宇宙軍中将閣下の言葉を笑うほど、わたしは馬鹿じゃありません。言葉の重さが違います」

「軍に限らず、どんな組織でも大きくなればなるほど、本来の目的からは外れ、組織そのものを維持することに、そのエネルギーの大半を費やすようになる。報告書と稟議書と会議と決裁がなければ、壁に釘一本打つこともできない組織……それが今の連邦宇宙軍の姿だ」

ムックホッファは自嘲するような微笑を浮かべた。

「わたしがやろうとしていることは、連邦宇宙軍という巨大な組織の中ではできなかったことを、義勇軍という形でやりたいだけなのかもしれない。自分が好きに動かせる兵隊を集めた、ただの軍隊ごっこ。それに正当性を与えたくて、人助けなどという理由をつけただけなのかもしれない。だが、そういった組織が必要だというのは、まぎれもない事実なのです」

ムックホッファの言葉を聞いていた和尚は、ふっと笑って答えた。

「ホント、この人は真面目だから困る……いいじゃありませんか、軍隊ごっこ。大いに結構です。ごっこで宇宙船飛ばして、ごっこで人助けすりゃいいんですよ。ごっこだろうが、なんだろうが、困ってる人を助けりゃ、人助けは本物だ。違いますか？　それとも何ですか？　閣下は誰か言いわけしなきゃならない相手でもいるんですか？　義勇軍ってのは、世間の評判とか人気とかが必要な仕事なんですか？　やりたいからやる！　それでいいんじゃねえかと思うんですが、わたしの言葉は間違ってますか？」

ムックホッファは、少し驚いたように顔を上げた。

「いや、間違ってはいません。おっしゃるとおりです」

「義勇軍みたいな目的を持った企業なんて簡単に設立できるわけがない。問題は山積みで、おまけに立ち上げたってそのあと、企業として存続できる見通しはゼロだ。こいつはリスク計算して、危ない橋は渡らないようにして……なんてことばかり考えているわが身大事な利口な連中には絶対できない。大馬鹿にしかできません。だから大馬鹿にならなきゃいかんのです」

和尚はそこで言葉を切ると、大真面目な顔になって言葉を続けた。

「つまり、わたしのような大馬鹿に向いている仕事ですな……」

「では！」

目を輝かせるムックホッファを見て、和尚は、ゆっくりと頷いた。

「閣下の心意気を断るわけにはいきませんやね。なんてったって、あなたは〈蒼橋〉の大恩人だ。それに……義勇軍を一から立ち上げるってのは、実に魅力的なお誘いですよ。いやはや、参りました。わたしはあなたを〈蒼橋〉にヘッドハンティングするつもりでやってきたのですよ、逆にヘッドハンティングされるとは思いもよりませんでしたな……」

和尚がそう言いながら座卓の端を人差し指で軽く叩くと、そこに、女将のホログラムが浮かび上がって無言で一礼した。

「話は一段落したので、酒と料理を頼む」

〃かしこまりました〃

和服姿の女将は深々と一礼して消えた。

和尚は、にやっと笑うと、和服の裾をからげて、その場にあぐらをかいた。

「オヤジ同士で悪巧みするときには、酒がなくっちゃいけません。ちょいと裃《かみしも》を脱がさせていただきます」

「ええ、同じ穴に棲むムジナ同士で遠慮は無用です」

ムックホッファがそう言って笑ったとき、「失礼いたします」の声と共に仲居が酒の用意と料理を持ってやってきた。

その頃。ムックホッファたちのいる料亭〝松月〟の外壁を隔てた路地に駐車している灰色のミニバン型のエレカーの中に乗っていた二人組の男の片割れが、耳に取り付けた聴覚デバイスを押さえて焦っていた。

「帯域を変えても、中の会話がまともに聞き取れない。どうなってるんだ？」

小型のモニターに向かって、なにやらデータを打ちこんでいたもう一人が、小さく悪態をついた。

「くそ！　なってこった！　この料亭は四重の盗聴防止用の干渉波で覆われた、ＳＳクラスの機密保持施設として政府登録されている。おれたち作業班の移動用の情報収集設備じゃ相手にならん」

「この料亭が政府登録されたＳＳクラスの機密保持施設ってことは、政府関係者の、それも閣僚クラスじゃないと使えないってことだよな？　何でそんな場所に中将が？」

「中将じゃない、中将が会っている相手の坊主が、この施設を使えるってことだ」

「あの坊主……何者なんだ？」

「さあな……おっと、言ってる端からデータセンターから打ち返しが来たぜ、あの〝正覚坊珍念〟という坊主の身元照会の回答だ……」

モニターを覗きこんでいた男は、そのまま黙りこんでしまった。

「おい、どうしたんだ？　回答は何だって？」

「……回答はない……代わりに、局長からの撤収命令が来ている」

「回答がないって、どういう意味だ？　何で撤収なんだ？　ムックホッファ中将の動静を監視して報告しろって命令はどうなるんだ？」

和尚の身元を照会していた男は黙って肩をすくめると、そのままモニターの電源を落とし、耳につけていた聴覚デバイスを外した。

それが、答えだった。

「……分かったよ、調査局作業班下っ端三原則。言われたもの以外は見るな、調べるな、とっとと忘れろ、ってことだな」

「ああ、そのとおりだ。さあ引き上げるぞ。報告書書いて、宿舎に帰ろうぜ」

二人の男は盗聴用の機材をケースの中に仕舞いこむと、車を発進させた。

2

ムックホッファと和尚の密談から、三カ月が過ぎていた。

大企業の本社や、他の星系に本社を置く企業の出張所などが並ぶ〈星京《ほしのみやこ》〉のオフィス街の中心部から少し外れたあたり。飲食店や喫茶店と中小企業の事務所などが混在する雑居ビルが立ち並ぶ一角の、これまた路地を二本ほど入った裏路地に面した古い建物の一室に、ムックホッファは来ていた。

社長用なのだろう、窓を背にした両袖の事務机が一つと、事務員用らしい、汎用の事務机が二つ置かれている。

ダークスーツを着こんだ和尚は、事務所の中を指し示して笑った。

「〈銀星《シルバースター》ロジスティック・サービス〉へようこそ。回線だけあれば、会社はできるんですがね、さすがにペーパーカンパニーってわけには、いきませんやね。まあお座りください」

「ああ、ありがとう」

「事務員の娘っ子を雇えば、お茶くらい出せるんですが、生憎《あいにく》そこまで手がまわりません。パックで我慢なさってください」

和尚はそう言いながら、事務所の片隅に置かれた小さなフードベンダーから、パック入りのお茶を取り出し、安物の応接セットのソファに腰を下ろしたムックホッファの前に置いた。

「出来合いのお茶だが、なかなかいけますよ」

「いやいや、お構いなく……」

ムックホッファはそう言った後で、もう一度、事務所の中を見まわした。

「それにしても、最初に民間軍事サービス会社を作る、とは思いませんでしたな……」

和尚は、にやりと笑った。

「退役将官が民間軍事サービス会社を設立する、というのはよくある話です。軍事サービス会社なら、軍から助成金も出ますし、古い軍用の輸送船の払い下げを優先的にうけることができます。使える特典があるなら、使わなけりゃ損です。

この会社は、大手の民間軍事サービス会社の名前を真似てますが、まったく縁はありません、子会社っぽく見せるのが大事です」

「民間軍事サービス会社ですか……」

ムックホッファは眉をひそめた。

「こういった会社は、名前こそ民間企業ですが中身は軍隊と変わりません。表向きは物資の輸送や、通信の補助、港湾や輸送路の警護が仕事ですが、正規軍並みの装備を持った傭兵にほかなりません。そして、軍隊でないがゆえに、捕虜などの取り扱い規定を守る必要はないし、軍法会議も交戦規則もありません。軍は、それを抜け道として、表に出せない部分の仕事を請け負わせております……わたしが望む組織の真逆の存在です」

「それは、よく分かっております。ですが、下手に義勇軍を作るなどと言えば、警戒されますぞ。ムックホッファのやつは、私設軍隊を作るつもりだ。内乱を企てているに違いない、などと思われたら、義勇軍どころの騒ぎじゃありません。ですから、まず、軍の上層部の思惑に乗ってやらなくちゃいけません。そのためには、退役後に軍事サービス会社を作ると申し出るのが一番よろしい。助成金の申請もやったほうがいいでしょう。軍のひも付きで、コントロールできる組織であると思わせて、安心させてやるのですよ」

「そうか、助成金を申請すれば、軍の上層部は、安心する。しかし交付された助成金は、使わないで取っておけばいいのですな。流用していると指摘される前に、返還すればいいわけだ」

和尚は笑いながら首を振った。

「いやいや、取っておくことはありません、使ってしまえばいいのですよ。義勇軍の装備を整えるために全額使っても問題はありません」

「いや、しかし、こういった会社には、軍から監査役の役員が入る。どうやってその監査役の目をごまかすのだね？　助成金はもらいました、払い下げももらいました、でも軍事サービスはいたしません、なんてことは通らないぞ？」

「おっしゃるとおりです。軍事サービス会社を立ち上げて、助成金もらって、ついでに軍の輸送船を払い下げてもらうとなりゃ、その代わりに軍から監査役を受け入れなきゃなりません。そういう監査役には、軍の主計部の人間が出向することになってます。書類と数字に強くなきゃ務まりませんからね。そこでですね、あらかじめ、その監査役の主計部の人間をこっちの息の掛かった人間にしておくというのはどうでしょう？」

「そんなことができるのかね？　というよりも、そんな都合《つごう》のいい監査役がいるのかね？」

和尚は、にやっと笑った。

「そうですな……末富《すえとみ》大尉あたりはいかがでしょう？」

「末富大尉？　それはいくらなんでも無理だろう。彼女は優秀な人材で主計部でも名が通っているくらいだ。そんな優秀な人材を、民間企業の監査役に出向させるわけがない」

驚くムックホッファを見て、和尚は、小さく首を振った。

「いやいや、優秀であればあるほど、そういう人間を煙たがる人間はどこにでもいます。ましてやその人間が女性で部下だったりすると、もうそれだけで、疎外される充分な理由だったりするのですよ。末富大尉は女傑というにふさわしい人物です。ですが、あの人を使いこなせる器の大きい幹部は、それほど多くはないとわたしは見ています。話の持っていき方によっては、充分可能だとわたしは思いますな」

ムックホッファは考えこんだ。

「ふうむ、確かに末富大尉を煙たがる連中はいる。そのあたりは、薄々わたしも気になっていたところではあるんだが……彼女が監査役になるとして、果たしてわれわれの仲間になってくれるかな？　彼女は、ああ見えて正義感の強い、プライドの高い女性だぞ」

「だから……ですよ。わたしは軍の中のことは詳しくありませんが、主計というところは軍の金とモノを動かす部署ですよね？　長い間そういう部署で仕事をしてきたなら、それこそ人に言えない金とモノの流れを山ほど見てきたんじゃないかと思います。閣下も、墓場まで持って行かなけりゃならない秘密の一つや二つはあるでしょう？」

「一つ、二つで済めばいいがね……」

自嘲するような微笑を浮かべたムックホッファを見て、和尚は頷いた。

「その顔ですよ」

「顔？　わたしがどんな顔をしたというのかね？」

「閣下は今、自分を笑ったのです……お気づきになりませんでしたか？」

「あ、いや、うむ……笑った。確かにわたしは自分を笑った」

はっとしたような顔になったムックホッファを見て、和尚はお茶のパックを勧めた。

「まあ、あまり考えないで、とりあえず一口いきましょうや。軍の中で出世するってぇことは、裏も表も知らなきゃならないし、清濁併せ呑《せいだくあわ の》まなきゃならないってことだと思うんですよ。

でもね、そういうときに、なるべく清い水を飲もう、と思うか、濁り水でもいいや、と思うかで、大きな違いがあるんじゃねえんですか？　そこが、人としての矜持《きょうじ》ってヤツでしてね、そういうときに濁り水を飲むのが気にならなくなっちまったら、人間、終わりです。そういう人間は、閣下みたいに自分を笑いませんよ。その笑いは、矜持の笑いです」

「そういうものかな……」

ムックホッファはそう呟くと、パックのお茶をごくりと一口飲んだ。

お茶を飲み干した和尚が伝法な口調で言う。

「んでね、末富大尉も、閣下と同じような立場にいるんじゃねえかと思うんです。正義感があって、プライドが高い人間であればあるほど、飲みたくもねえ濁り水を飲まなきゃならねえって悩みが溜まってるんじゃねえかってね。そしてそれを理解してくれるのは、同じように濁り水を飲みたくねえと思ってる人間だけです。

つまり、閣下こそが、自分のことを認めてくれる上司、自分の悩みを理解してくれる上司なわけです。そういう上司に〝きみが必要だ〟と口説かれれば……」

和尚はそう言うと、ムックホッファの目の前で、空になったお茶のパックを指で、ことん、と倒した。

「……と、まあ、この空パックみたいなもんで、イチコロでしょう」

「そんな風にうまくいきますかねえ？」

「いってもらわないと困るんですよ。いいですか？　末富大尉を監査役に受け入れた会社は、あくまでも助成金と、軍の払い下げの輸送船を手に入れるための手段です。次は、その軍事サービス会社を義勇軍にするからくりが必要になるわけです」

「それは、どのようなものですか？」

和尚は、ドラマに出てくる悪役のような顔でにやりと笑った。

「その軍事サービス会社を倒産させてしまえばいいのですよ。民間企業に倒産はつきものです。ましてや経営センスのない軍人あがりの人物が経営者となれば、倒産しても誰も怪しみません。どんな優秀な監査役がついていても、運が悪い、目が出ないということは、ままあるものです。

そして、倒産した軍事サービス会社の資産を差し押さえた債権者が、別の……そうですな、辺境にある、新興の運輸企業に、その資産を二束三文で売り飛ばす、というわけですよ」

ムックホッファは目を見開いた。

「そんな手が……しかし、それは法に触れるのではないかね？」

「いえ、手続きさえちゃんとしてあれば、そして書類が揃っていれば通ります。書類だけでは犯罪性の証明はできません。自分たちが手を汚したくないから、他人に金を渡して代わりに汚れ仕事をやれ、とか言っている軍の連中に、良心の呵責を感じることはありません。ましてや、書類や規則でがんじがらめになって動けない軍の代わりに動く組織を作るんです。感謝されこそすれ、恨まれる筋合いはありません……」

和尚はそう言うと、つるり、と頭を撫でて言葉を続けた。

「とはいえ、それはこっちの理屈。あちらさんにはあちらさんの都合がありますからな、まあ軍から目をつけられるのは覚悟の上で動くことになります。一番の問題は、閣下の名前で立ち上げた軍事サービス会社が倒産した後、その資産を受け継いだ運輸会社に閣下の名前があるのはまずいという点ですな。助成金をごまかすための計画倒産だというのが、丸見えになっちまう……」

「ああ、そのことか、ならば簡単だ。わたしが義勇軍となる運輸会社の役職にならなければいいのだよ。役職はあなたにやってもらって、わたしは、ただの茶飲み友達として、その会社に居候させてもらえばいい」

「うへっ、元連邦宇宙軍中将の居候ですか、こりゃあまいった」

和尚は再び頭をつるり、と撫でて笑った後で、ちょっと真面目な顔になった。

「さて、金とモノは、なんとかなるとして、問題は人ですな。船やらなにやら手に入れても、働く人がいなきゃ何にもできやしません。やはりノウハウを持った人材が必要です。できることなら〝ロケット松〟こと熊倉松五郎《くまくらまつごろう》機関大尉……いや、今は少佐でしたかな？

あの人あたりを引っ張ってこれませんかね？」

「熊倉少佐か……彼は、今、重巡航艦の機関長をやっているが……そろそろ星《おか》に上げて、後任の育成をやらせる頃だな。本人に話をしてみないとなんとも言えないが、なんとかなるかもしれんな」

「お願いします。経理と整備は運輸の根幹ですからな。この二つはどうにも手を抜くわけにはいきません。それと……これは、少々虫のいいお願いなんですが……その、義勇軍、というか運輸会社に、うちの……〈蒼橋《あおのはし》〉の若いモンを雇っていただけませんか？」

「〈蒼橋〉の若者……と、言いますと？」

怪訝な顔をするムックホッファを見て、和尚は頭を下げた。

「うちで面倒を見ている〈蒼橋〉の孤児たちです。小さい連中はまだ子供ですが、三年前に一五、六だった子は、もう一八を超えています。この子たちに、手に職をつけさせてやりたいのですよ」

「いや、しかし、〈蒼橋〉にも働き口はあるだろう？　わざわざ、海のものとも山のものとも分からん企業に就職させなくとも……」

「確かに〈蒼橋〉にも仕事はあります。でも〈蒼橋〉で就職すれば〈蒼橋〉しか知らない人間になっちまうんですよ。広い世間を知らない、狭い世界しか知らない夜郎自大《やろうじだい》な人間の行き着く先は〈紅天《こうてん》〉みたいな星系《ほし》です。若いうちに、広い世間を見ることは、決して無駄じゃないと思うんです。それに、うちの若いモンには、港湾内作業艇の免許を取らせてあります。荷役の作業から、追々仕込んでいけば、将来立派な義勇軍を背負って立つ人材になると思うんですよ」

ムックホッファは考えこんだ。

「ふむぅ……考えてみれば〈蒼橋〉の子供たちならば、義勇軍とはどういうものなのか、その概念を最初から知っているわけですな。細かいことは知らなくとも、何をなすべきか、その基本のところは理解している……確かに新しい義勇軍の構成員としては最適かもしれません……そして、若者を迎え入れるからには、失敗させるわけにはいきませんな。人、金、モノの目処がついたなら、後は、どうやり遂げるか、それが大事です」

「いや、まったくまったく。拙僧も年甲斐もなく、燃えて参りました。かくなる上は、拙僧の持てるかぎりの人脈と悪知恵を使って、なんとしてでも義勇軍を立ち上げましょうぞ！」

和尚がうれしそうに相好を崩して差し出した右手を、ムックホッファは、がっちりと握り締めた。

——だが、そうは問屋が卸さなかった。

参謀総長をはじめとする軍の上層部は、和尚の思惑どおり、連邦宇宙軍を退役したムックホッファが、民間軍事サービス会社を設立するという話を好意的に受け取った。軍事サービス会社を興すということは、軍に依存するという意味であり、それはつまり、ムックホッファが、軍のコントロール下に入ることを望んだと受け取ったのだ。

ムックホッファは、統合参謀本部に転属になった後も、現場の意見を代表する姿勢を崩さず、その姿勢は第一線の将兵からは好意的に見られていたが、現場に出ない、いわゆる〈星京《ほしのみやこ》〉組と呼ばれるエリート軍人たちの間では、組織の価値観に染まらず、どの派閥からも距離を置くムックホッファは変人として扱われていた。

その変人が、軍を退役するのである。長い軍人生活の中で、表沙汰にできない重要な秘密や、醜聞を山ほど見てきた人間が軍という枠から外れた後、いったい何をするつもりなのか、不安に駆られ、憲兵隊に身辺調査を命じたのも無理はない。

連邦宇宙軍の軍務局の奥まったところにある、主計部の部長の執務室に併設された応接室で、背広姿のムックホッファを前にした主計部長が、尊大な顔つきで、うすら笑いを浮かべていた。

3

「今日来ていただいたのは、先日提出していただいた助成金の申請と、輸送船の払い下げに関する入札申しこみの審査結果をお知らせするためです。しかし、その前に、一言だけ申し伝えたいことがあります。それは、立場について、です。

軍を退役された今、あなたの身分は一介の出入り業者にすぎない、ということを良く自覚していただきたい。将官クラスの方は、軍をお辞めになった後も、自分がその階級と同じ扱いをされて当然だ、と勘違いする方が後を絶ちません」

「それは……念を押されなくとも、重々承知しております……」

鼻白《はなじろ》むように答えたムックホッファを見て、主計部長は、うすら笑いを浮かべたまま答えた。

「そうですか。ならばいいのですが、敬意だの待遇というのは、その人に向けられたものではなく、階級章に向けられたものだということにお気づきになってない方が多くてね。そういう方は、軍から仕事を請け負うということが、どういうことか分かってない……」

そう言いながら主計部長の顔に浮かぶうすら笑いを見た時に、ムックホッファは理解した。

――この男は、これを言いたくて仕方がないのだ。

一見すると、退役軍人に心構えを説いているように見えるが、本音は違う。おまえら将官連中は、偉そうなことを言っていたが、軍を辞めれば立場が逆だ、仕事が欲しければ、おれに頭を下げろ、と言いたいのだろう。

まあ、こんな白髪頭下げたところで、苦にはならん、いくらでも下げてやろう。

ムックホッファは、頭を下げた。

「いや、おっしゃるとおりです。今のわたしはただの民間運輸会社の代表取締役にすぎません。今後とも、〈銀星《シルバースター》ロジスティック・サービス〉をお引き立てのほど、よろしくお願いします」

ムックホッファの態度を見た主計部長は、優越感と満足感の入り混じった微笑みを浮かべて頷いた。

「結構ですな、実に結構。さすがは、切れ者と評判高いだけのことはありますな。今までに何人もの退役した将官の方とお付き合いさせていただいておりますが、いずれの方も、軍の仕事を受注するためのパイプ役として大企業の取締役に納まっていらっしゃいます。自分の力で会社を興した方は、ほとんどいらっしゃいません。たいしたものです」

「そう言っていただくと心強い。たまたま友人に、この種のことに詳しい者がおりまして……彼の協力がなければ、とても会社設立など出来ませんでした。何一つ実績のない会社ですが、無事に立ち行くまで長い目で見ていただきたい」

「いや、実を言うと、われわれとしても、新規参入していただけるのは大歓迎なのですよ。確かに実績を積んだ、付き合いの長い軍事サービス会社はいくつもありますが、こういった会社に業務委託を繰り返すと、外部の監査が入った時に、やれ利権だ、癒着だと騒がれますのでね。新しい会社なら、そういう心配がないのですよ……」

主計部長は、ムックホッファの前に薄い事務端末を置いて、パッド上に業務関連の書類を呼び出して、指先で画面の中の書類をぱらぱらとめくった。

「さて、こちらが、提出していただいた、助成金関連と、装備更新で余剰になったS級輸送船の払い下げに関する書類ですが。助成金は、ほぼ満額。輸送船につきましても、優先的に払い下げされることが、ほぼ決まりました」

「本当ですか！　ありがとうございます！」

そう言って顔を上げたムックホッファは、主計部長の顔に、下卑《げび》た微笑みが浮かぶのを見た。

——この男は、何かを企んでいる。

それは、ムックホッファの直感だった。

——考えてみれば、何の実績もない、ペーパーカンパニーでしかないうちの会社に、満額の助成金が出たり、優先的に輸送船が払い下げられるわけがない。

この男が最初に言ったとおり、今のわたしは一介の民間人だ。中将という身分や権限があるわけではない。わたしのために便宜《べんぎ》を図る理由がない。つまり、この男が言っている助成金や払い下げの優先権は、何かと抱き合わせに、わたしに、うん、と言わせるために仕組まれたエサのようなものに違いない。

ムックホッファの予想どおり、主計部長は、ゆっくりと切り出した。

「実績のある会社でも、助成金の満額が支給されることは、まずありませんし、ましてや払い下げの優先権が与えられるなどということは、ありえません。今回の措置は特例中の特例であり、一種の交換条件だとお考えいただきたい」

「なるほど、無料の朝食はない、ということですな……で？　わたしは何をすればよろしいのかな？」

「はっきり言うと、何もしなくても結構です。助成金の交付が決まるのと同時に、こちらが指定した人間を、毎年一名、そちらの会社の監査役として受け入れていただきます。以前は、こちらの職員を身分はそのままで、監査機構という公的機関に出向させ、そこから企業にという形で出しておりましたが、方針が変わりまして、退職後の職員を雇用していただくことになりました……」

主計部長が口にした名前は、末富《すえとみ》大尉ではなかった。どうやら、定年間近の幹部職員らしい。

——末富大尉を監査役にするために、いろいろ話をまわしてみたが、やはり無理だったか。

わたしは、砲術や雷撃などの兵科畑には人脈があるが、主計などの内務畑にはあまりないから、難しいとは思ったのだが……。

ムックホッファは胸の中に浮かんだ失望感を顔に出さないように努めながら、主計部長の言葉を聞いていた。

「あなたの会社には、軍より助成金が交付されます。つきましては、その助成金を、全額、その者の役員報酬として支払っていただきたいのです」

「助成金を全額、給与として、ですか？」

ムックホッファが驚くのも無理はない。満額支給の助成金となれば、とんでもない額になる。天下りの給与にしては多すぎる。

「あ、いや、それはあくまでも名目です。その者の懐《ふところ》に入るわけではありません。役員報酬という名目で、いくつかの口座に分割して振りこんでいただくだけです。軍という組織の性質上、表に出せない金が必要になるのはご存知だと思います。予算の中に助成金という名目でその枠を作り、こういう形でプールするわけです」

表情も変えずに、しれっと説明する主計部長の顔を見て、ムックホッファは内心で呆れていた。

確かに、軍には表に出せない金がある。情報提供者に対する報酬や、さまざまな工作に使われる金だ。

だが、そういった金は、使い道の記録を公表する必要がない機密費という枠で一括で計上されている。この男の言うようなまわりくどい方法で予算を取る必要はないのだ。

この男が言っているのは、予算などの公金を、正規の目的に使わずに職員の飲食代や遊興費にまわす、いわゆる〝裏金〟にするためのマネーロンダリングである。天下り先として自分たちの仲間を受け入れて、裏金作りに協力しろ、そうすれば、いい思いをさせてやる、と言っているのである。

「なるほど……要するに、天下りの受け入れ先を作り、助成金を別目的でプールするための、満額支給、というわけですか……」

「その代わりに、払い下げの優先権があるわけです。中古の輸送船を正規の業者から購入すれば、助成金の総額並みの金が掛ります。その分を考えれば、悪い取引ではないと思いますが？」

ムックホッファは、考えこんだ。

本音を言えば、目の前にいるこの男を一発殴って、席を立って帰りたかった。

義勇軍を作るためならば、大概《たいがい》のことは、我慢するつもりだった。頭を下げろと言われれば下げるつもりだったし、心にもない追従を並べることだって厭わない。

だが、要求されたのは、よりによって天下りの受け入れと、裏金調達の隠れ蓑になれ、というものだった。

ムックホッファは、そういった流れから常に一歩引いてきた。流されてしまったほうが楽だということは分かっていた。みんなで流されてしまえば、みんな同じだ。だれも責任を負わないで良い。

個人の価値観や矜持《きょうじ》というちっぽけなものより、組織の論理を優先することが求められているということは、分かり過ぎるくらい分かっていた。

だが、その流れの行きつく先には、何とも言いようのない、嫌悪感を煮詰めたようなおぞましいものが溜まっているようにしか思えなかった。

——皮肉なものだな。軍を辞めて、軍から自由になったと思ったら、そこにこんなものが待ち構えていたとはな……。

ムックホッファは、大きく息を吐くと、顔を上げた。

「分かりました。このお話は、わたし一人で決めるには少々大きな問題です。助成金を当てにしていた部分もありましたので……お返事は、後日、ということでもよろしいでしょうか？」

「ええ、構いません……ただし、この件に関しては、他言無用であるということは、わざわざ言わないでも……それはお分かりですね？」

主計部長は、探るような目つきでムックホッファを見た。

「それは、承知しております。わたしの会社のために特別に配慮いただいたわけですから、それを無にするようなことは致しません、ご安心ください」

ムックホッファはそう言って一礼した。

4

「向こう五年毎年天下りを受け入れろ、んでもって裏金作りの片棒を担げ、ですか……いやはや、清濁併《せいだくあわ》せ呑《の》むどころか、濁り水のガブ飲み野郎ですな、そいつは」

〈銀星《シルバースター》ロジスティック・サービス〉の事務所で、ムックホッファから話を聞いた和尚は、あきれ果てたように答えた。

「だが、あの男を問いただせば、こんなことは、役所ならどこでもやっている。われわれだけが腐敗しているわけではない。これで今まで上手くやって来たんだ、何の問題もない。十中八九こう答えるだろう。おまえだって、軍にいた頃は知っていたではないか、と言われれば、そのとおりだ。だが、それを知っているのと、それに手を染めるのとでは、雲泥《うんでい》の差だ。わたしは泥の中に落ちたくはない……何をキレイ事を言っているんだ、と笑われるかもしれないがね……」

そう言って肩をすくめたムックホッファを見て、和尚は黙ったまま、小さく首を振った。

「いや、それでいいんだと思います。わたしだって、若い頃は荒事もいろいろやった人間です。裏街道に足を突っこんで生きていた時期もあります。いまさら正義漢ぶるつもりは、さらさらありませんが、なにもあんな小悪党の仲間に入ることはありませんや」

「そうだな……では、この話は断るということで……」

「あ、いや、ちょっと待ってください……」

和尚はそう言って小さく右手を上げた。

「せっかく、小悪党どもが尻尾の先を見せてくれたんです。ここはひとつ、そいつをたどっていって懐に入りこんで、食い荒らして逃げてやりませんか？」

「なんですと？」

驚くムックホッファを見て、和尚は、悪戯《いたずら》を仕掛けるワルガキのように笑って見せた。

「どうせ、碌《ろく》なことには使われない金です。ならばわたしたちが有効に使ってやろうじゃありませんか。表沙汰にできるような金じゃありませんから、やつらも騒ぎ立てたりはしないでしょう」

「いや、いくらなんでもそれは……」

和尚は、ムックホッファの前に、人差し指を立ててそれを左右に振って見せた。

「よく考えてください。この助成金ってのは、軍の活動をサポートする民間軍事サービス会社、つまりわれわれに支払われるはずだったんですぞ？　自分たちの金を自分たちで取り戻す。それになんの遠慮がいるもんですか。こういう時にこそ、攻めに出なけりゃいけません」

「そうか、そう言われてみれば、そのとおりだな。わたしは、軍を辞めたことで、少し臆病になっていたのかもしれん。今の境遇を、後ろ盾を失ったと考えるからいかんのだな。制約がなくなったと考えるべきなのだな」

和尚は頷いた。

「そのとおりです。われわれには、このあと、義勇軍を創設するという大仕事が待っているんです、守りに入っちゃいけません……とはいえ、攻めるにはやはり人手が必要です。それも、数字に強い人が……」

ムックホッファは、腕を組んで難しそうな顔になった。

「となると、やはり末富《すえとみ》大尉を呼んでくるしかなさそうだな……」

「声はおかけになっていただいたんですよね？」

「うむ、末富大尉と熊倉《くまくら》少佐……いや、今は中佐だが……彼には声をかけてある」

「ほう、ロケ松さんは中佐になられたのですか」

「ああ、この春に、わたしが退役になるのと入れ替えに、中佐に昇進して、この〈星京《ほしのみやこ》〉の機関学校に教官として転属になったのだ。本人は〈星〉に上《おか》がるのが不満のようで、わたしが義勇軍の話を振ったら、身を乗り出して聞いてくれた……脈はありそうだが、せっかく出世した中佐の椅子を放り出して来いとは言えない」

「末富大尉はどうでした？」

「冗談交じりに水を向けたんだがね。笑いながら、〝イイ男がいたら考えます〟と、軽くいなされたよ」

「ふうむ……イイ男ねえ……」

和尚は考えこんだ。

「当てがあるのかね？」

「うーん、末富大尉のお眼鏡にかなうかどうかわかりませんが、ちょいと心当たりがあります。連れて来て、一度、引きあわせてみましょう」

「ぜひ頼む。わたしの人脈は軍関係者ばかりでね。末富大尉の評判は、軍の中で知らない者はいないくらいだ。美人で頭の回転が速くて、実務能力はケタ外れ、そのうえ性格もいい……まさに女傑と呼んでもいいような女性だからな。若い軍人はみんな尻ごみしてしまって、話がまとまらないのだよ」

「評判が良すぎると、かえって縁遠くなるものですよ。まあ、とにかくやるだけやってみましょう。この作戦は、彼女をこっちに引っ張りこめるかどうかにかかっています」

和尚はそう言って、力強く頷いた。

それから一週間ほどが過ぎた、日曜日の昼下がり。

ビジネス街の片隅に建つ貸しビルの一室にある〈銀星ロジスティック・サービス〉の事

務所に、スーツ姿の末富大尉が立っていた。

「本当に、絵に描いたような安っぽい事務所ですわね。まるでコントの舞台セットみたい」

殺風景な事務所の中を見まわして、呆れたように呟いた末富大尉を見て、ムックホッファは、弁解するように答えた。

「まあ、そう言われても反論はできんね。最初は、書類だけのペーパーカンパニーを作るつもりだったのだが、和尚から、事務所くらいはちゃんと用意しておかないと言いわけできない、と言われたのでね」

「事務所があっても、言いわけが通用するとも思えませんけど……それにしても、義勇軍ですか……そういう組織が必要なんだ、ということは、よく分かりますけど、本当に創ろうと思う人は、ムックホッファ中将くらいのものでしょうね……」

「もう、中将ではないよ、ただのムックホッファだ……いや、社長と呼んでもらったほうがいいかな？」

「ムックホッファ社長……ですか。今ひとつしっくりきませんわね。わたしの中では、まだ中将のままなんでしょうね」

末富大尉はそう言って、悪戯っぽく笑った後で、懐かしむように呟いた。

「義勇軍、なんて言葉を聞くのは、〈蒼橋《あおのはし》〉以来ですわね。弁務官事務所で、〈蒼橋〉の全権代表だった和尚さんから義勇軍のお話をいろいろうかがったのが、昨日のことのようですわね」

「あのとき、わたしの中に、義勇軍のような組織を創ろうという考えが生まれたのだ。正規軍を持てない辺境の星系にこそ、ああいった組織が必要なのだ、とね。子供じみた夢だと思うかね？」

末富大尉は、微笑みながら、小さく首を振った。

「いいえ、夢を見るだけなら子供です。でも、それを実現させるのは大人ですわ」

「うむ、なんとか実現させたいと思っているのだが、いかんせん、働き手が足りない。特に事務、経理に長けた人間がいない。できることなら、きみに来てほしいと思っているのだが……」

末富大尉は、ムックホッファを責めるような目で、ちらっとにらんだ。

「ええ、分かっています。中将が、あちこちに声をおかけになったので、主計部の中で噂になってますよ、わたしと中将がデキてるんじゃないかって」

「なんと！　そんなことになっているとは……いやはや申しわけない……なんというか、こう、根まわしというのを大っぴらにやったことがないのでね……言いわけにもならんが……」

少し顔を赤くして謝るムックホッファを見て、末富大尉は笑った。

「いえいえ、気になさらないでください。それより、今日は、わたしに会わせたい人がいる、ということでしたが？……」

「ああ、うむ、和尚が連れてくるという話なのでね……」

ムックホッファが、そう答えたとき、汎用の事務用コンソールから〝ピンポーン！〟という電子音が響き、「専務がいらっしゃいました。ＩＤ認証済み。これよりお通しいたします」という女の子の声がした。

末富大尉は、汎用の事務用コンソールを覗き込んだ。

「受付ソフト〈看板娘２・０〉ですか、懐かしいですね」

「中古の事務用コンソールにインストールされていたので、そのまま使っているのだよ、経費は少しでも抑えたいからな」

ムックホッファはそう言うと、事務所の入り口に向きなおった。

やがて、ドアをノックする合成音と、聞き覚えのある柔らかい声が聞こえた。

「失礼するよ」

ドアが開くと、そこに、和服姿の和尚が立っていた。

連れの姿は見えない。

事務所に一歩入った和尚は、廊下のほうを振り向いて声をかけた。

「さあ、入って来なさい、恥ずかしがらないでいい」

――恥ずかしがる？　どういうことだ？

ムックホッファと末富大尉が、思わず顔を見合わせたとき、廊下のほうから子供の声が聞こえた。

「はい、失礼します……」

その言葉と共に姿を見せたのは、一人の少年だった。色白で、整った顔立ちと、抜けるような肌の白さは、少女と見まごうばかりである。

驚くムックホッファと末富大尉を見て、和尚は満足げに微笑んだあとで、その美少年に言った。

「さあ、ピーター。ご挨拶しなさい」

「はい！　ご住職」

ピーターと呼ばれた美少年はそう言うと、一歩進み出て、ムックホッファと末富大尉に向かって、優雅に頭を下げた。

緩やかにウェーブが掛かっている前髪が、ふわりと揺れた。

「初めまして、ピーターと申します。よろしくお願い致します」

年齢は一二歳くらいだろうか？　細い手足とうなじは儚《はかな》げで、つけまつげを思わせる長いまつげを伏し目がちにしている姿は、退廃的な色気を漂わせている。

目を開いたまま、微動だにせず、ピーターを見つめていた末富大尉が、呼吸するのを思い出したように、ふう、とため息をついた。

　ムックホッファは小声で和尚に訊ねた。

「ピーターと言うところをみると……男の子でいいんだね？」

「ええ、男の子です。わたしの秘蔵っ子でしてね……どうです、末富大尉、ピーターは気に入りましたか？」

「え？」

　末富大尉は、再び目を見開いた。

「それって……どういう意味ですか？」

「ええ、ムックホッファさんに、誘われたとき、あなたは、イイ男がいたら考えてもいい、とお答えになったというのを聞きまして……普通の若い男ではとうてい相手にならないと思いましたので、とびきり若い、耽美系の男の子なら、と思って連れて来たわけです」

「ちょ、ちょっと待ってください！　わたしはそんな趣味はありません！」

　末富大尉はムックホッファをにらんだ。

「……これは中将の作戦ですか？」

　ムックホッファは、あわてて首を振った。

「いや、違う、わたしも、和尚がこんな子供を連れて来るとは思いもよらなかった」

　風向きが違ってきたのが分かったのだろう、ピーターの顔が曇った。

愁《うれ》いを帯びた表情が、これまた絵になるのは、美少年ならではだろう。

「さて、そうなると、困りましたなあ。この子は孤児でしてな、ここで用がないとなると、身の振り場がない……仕方がない、わたしがいろいろ仕込んで一人前にするしかないですな」

「仕込むって……何をですか！」

「何をって、仕事に決まっています。それとも、何だと思ったのですか？」

「え、あ、いえ、その……」

末富大尉が顔を赤くして下を向いたとき、ピーターが一歩進み出た。

「お願いします、ぼくを使ってください！　お茶くみでも電話番でも、何でもします！一通りのことはできるように、ご住職に教わっています！　ぼくを義勇軍に入れてください！」

変声期前の少年特有のよく通る、澄んだアルトの声が事務所に響き渡った。

ピーターは、末富大尉を見つめて言葉を続けた。

「お願いします、お姉さま！」

お姉さまと呼ばれた末富大尉の顔色が変わった。

「媚《こ》びるのはおやめなさい！　女がみんな、若く呼ばれれば喜ぶと思ったら大間違いよ！」

ピーターは目を見開いた後で、あわてて頭を下げた。

「申しわけありません！」

その仕草に、素直さを感じ取ったのだろう、末富大尉は、ふっと笑った。

「そうね、わたしのことは、おトミさんと呼びなさい。仕事場では、そう呼ばせているの。だから、今日からわたしは〝おトミさん〟よ、いいわね？」

「はい！　おねえ……じゃなかった、おトミさん！」

「よしよし、それでいい」

末富大尉はそう言って頷いた後で、ムックホッファと和尚を見て、ゆっくりと言った。

「と、いうわけで、以後、わたしのことは末富大尉ではなく、〝おトミさん〟と呼んでいただければ結構です」

ムックホッファと和尚は顔を見合わせた。

「それは、どういう意味かね？」

怪訝な声で聞いたムックホッファを見て、末富大尉改めおトミさんは、半分怒ったような表情で言い返した。

「義勇軍に加わるって言ってるんですよ、言わせないでください、恥ずかしい」

〈銀星ロジスティック・サービス〉の事務所に陣取ったおトミさんは、和尚の作った帳簿や貸借対照表を事務用コンソールの画面上に呼び出すと、次から次に訂正、修正箇所のタグを貼り付けていった。

「よくできています……が、やはりやり方が古いですね。言い逃れをするには、もう一段抜け道を作っておかないと、外堀と内堀を同時に埋められたら逃げ道がありません」

「ううむ、確かに言われてみれば、そのとおりだ、おトミさんにかかれば、わたしなど、門前の小僧も同然ですな」

「いえ、普通に会社を興して経営するだけなら、これで何の問題もありません。でも、助成金と輸送船の払い下げを受けた後で、計画的に倒産させるとなると、もう一段仕掛けが必要だということなんです……それと……」

　おトミさんは、そこで少し言い淀んでから言葉を続けた。

「その、主計部から天下りになる予定のオヤジは、甘く見てはダメですよ」

「やり手なのかね？」

　おトミさんは、何百匹というゲジゲジとゴキブリが、ひと固まりになってうじゃうじゃうごめいているところを目撃したような顔になった。

「モラルのかけらもないオヤジなんですよ、そいつ。接待費や会食費とかに自分の昼飯代金を上乗せしているので、五年間昼飯代を自分の財布から払ったことがないと、ただ食いを自慢しまくってるんですよ。納入品のグレードを落として、浮いた金を架空の会社の口座に振りこませて、その口座を自分の財布にしたり……これをやられると、そいつ名義の口座には一銭も振りこまれないから、身辺調査でも出てこないんですよ。

軍が裏金を作ってるんだ、おれが個人的に作っている裏金なんか可愛いモノだ、というのが口癖の、ドブネズミオヤジですよ」

「だが、監査に引っ掛かることもなく、定年退職するまで切り抜けてきた……ということか」

「五年間、自分の財布から払わずに昼飯を食ってきた、と豪語するってことは、それだけ、バレない自信があるってことでしょうな……こいつは思ったより手ごわい相手かもしれません。いわゆる蛇の道はヘビ、というやつですな。わたしも若い頃は、籠脱けだとか鉄砲取引とか、いろいろきな臭い橋を渡ってきましたが、横領の手口はそう詳しくはありませんからね」

事務用コンソールの画面を見つめていたおトミさんが、ぽつりと言った。

「向こうの言うとおりに、助成金を受け取って、指定された口座に小分けして振りこむしかないでしょう」

「白旗を上げるということかね？」

「いいえ、違います……結果的には、あいつらの懐には一銭も入らないようにするつもりです」

「そんな手があるのかね？」

「ええ、お任せください」

おトミさんはそう言うと、凄みのある微笑みを唇の端に浮かべた。

5

それから一週間が過ぎた。

〈星京《ほしのみやこ》〉の連邦宇宙軍泊地の中を一隻の汎用連絡艇《カッター》が飛んでいた。

泊地の中で、人の搬送やちょっとした物資の運搬などに下駄代わりに使われる、よくある形の船で、一般的に雑務艇と呼ばれるものである。

その雑務艇の側面には所属を示す〝連邦宇宙軍機関学校〟の文字と、校章が大きく描かれている。

操縦席でコントロールスティックを握っていた熊倉《くまくら》中佐は、インカムを通じて港内管制を呼び出した。

「こちら、機関学校七番、座標、四三、六、一八のBから三五番泊地へと向かうために一八番航路を横切る。許可をくれ」

一瞬の間の後で、港内管制官の声が聞こえた。

〝こちら港湾コントロール。一八番航路はクリア。横切り許可を出します。CDF信号を発信しつつ、航路を横切ってください〟

「整備七番了解！　手数をかける」

〝いえ、お気遣いなく〟

通信を切った熊倉中佐は、後ろに座っているムックホッファと和尚に振り返った。

「こうやって、昼間っから、モスボール艦の墓場をウロついても、教材用にバラす船を物色する、という理由があるから怪しまれないのはありがたいですな。機関学校のお偉いさんになって良かったと思ったのは初めてです」

「機関学校がそんなに嫌かね？」

「後継者を育てるってのも大事だってことは分かってますがね。あっしはやっぱり人間の面倒を見るよりエンジンの面倒を見るほうが向いています。人間の顔色は、ノズルの焼色を見分けるようにはいきませんや」

「いやはや、さすがは熊倉さんだ。〝ロケット松〟の二つ名は伊達じゃありませんな」

「ええ、ロケット松、縮めて〝ロケ松〟、そう呼ばれていた頃は良かったっすよ。熊倉主任教官！　と呼ばれたときに、自分のことだとは思わねぇで、そのまま行き過ぎちまったことが何度もあります……そろそろ見えてきましたよ、三五番泊地だ」

　ロケ松の指差した先に、白く耐蝕コーティングされた旧式の宇宙船の群れが見えてきた。旧式になって退役した後も、必要とあれば再生して使用が可能なように、船内に不活性ガスを封入し、生命維持関連の装置をすべて停止させて、紫外線や、微小なデブリから守るために厚手の耐蝕皮膜でコーティングされ、軍港の片隅に係留されている軍用宇宙船の群れである。

　手前のほうに並んでいる、流線形の宇宙船を見て、ムックホッファは驚いたように呟いた。

「なんと、アイザック級の駆逐艦も退役してモスボールになっているのか。まだ現役だとばかり思っていたよ」

「アイザック級は、息が長い艦《ふね》でしたからね。初期型はそろそろ退役し始めてもおかしくはありません」

「そうか……そうだな。わたしが初めて艦長になった艦が、アイザック級でね……この型の艦《ふね》には少々思い入れがあるのだよ」

「その奥には、旧式の艦がぎっしり並んでますな……あれはフリゲートですかな？」

　和尚の言うとおり、その奥には小型艦が、まるでメザシのようにびっしり船体をよせて並んでいた。

「ああ、あれはエリダス級のフリゲートです。辺境星域の警備隊用に大量生産された艦ですな。小まわりが利いて使いやすい艦《ふね》でしたが、さすがに古くなったんで、お役御免というわけですな」

「あんな状態で放置されていて、使いものになるんですか？」

「いちおうコーティングされてますから、船体外殻はしっかりしたものですよ。ただし、古くなってくると、気密区画のパッキングの老朽化や生命維持装置の内部腐食などがありますから、すぐに人間が乗りこめるレベルではありません。でも、船体を一から作るのに比べれば、はるかに短時間で現役に復帰できます。それがモスボールと言われる状態です」

ロケ松は、そう説明しながら、連絡艇をさらに奥に進めた。

「さて、ナビデータによると、ムックホッファ中将がお探しの、S級輸送船があるのは、このあたりですね……今、詳細なメッシュデータを呼び出します」

ひと呼吸ほどの間《ま》の後で、連絡艇のスクリーンに泊地を細かく区切った立体図が浮かび上がった。

「ええと、われわれがいるのがここだから……輸送船の保管区画は、X軸方向に後三つ行ったところですね……近いですよ」

ロケ松はナビデータの表示を見ながらバーニアを少し吹かして、連絡艇の方向を変えた。

やがて、並んでいる艦のシルエットが、ずんぐりとした形のものに変わってきた。

「このラインは輸送船ばかりですね。このあたりでしょう。減速しますんで、係留してあるケーブルの番号をよく見ておいてください」

やがて、連絡艇は、一隻の輸送船の前で止まった。

「六六三八－B……こいつですね、主計部が払い下げてくれるって輸送船は……」

連絡艇の中から、そこに係留されている輸送船を見たロケ松は、思わず呟いた。

「うわ、こりゃひでえ」

表面に吹き付けられている耐蝕コーティングの被膜はあちこちでひび割れ、その下の船体外殻が見えており、ロケットエンジンのノズルがひとつ欠損していた。

「この船で間違いないのかね？　艦籍番号を確認してくれないか？」

和尚は手元の汎用端末に表示されている払い下げ通知書の艦籍番号と、目の前に係留されているボロボロの輸送船の船体に描かれている番号を一文字ずつ見比べた。

「……合致している。間違いありませんな。この船が、われわれに払い下げられる予定の輸送船です」

「熊倉中佐、ざっとでいい、この輸送船を使えるようにするには、どれくらいかかる？」

「金ですか？　時間ですか？」

「その両方」

「うーん……」

ロケ松は、腕組みをして考えこんだ。

「中を見てみなきゃ何とも言えませんが……費用は半端な額じゃないと思います。作業のほうは、部品が揃って、整備ハンガーの連中が腕ききなら、三日でしょうか」

「たった三日で？」

驚く和尚を見て、ロケ松は大真面目で頷いた。

「輸送船の部品はユニットになってますからね、部品さえ揃ってりゃ、交換して組み付けるだけでいい。整備の簡便性は軍艦の基本です。まあ、実際は部品が全部手に入る、なんて夢のような環境は、まず、ありえませんがね。軍規格と同等の民生部品でも使えますが、それでも、これだけ欠品が多いと普通の民間整備工場では、部品を揃えるだけで軽く三月《みつき》はかかると思います」

「つまり、この輸送船が使えるようになるには、恐ろしく金と時間がかかる、ということか」

「ええ、すぐ使いたければ、整備を軍に委託するしかないですね」

輸送船をじっと見つめていたムックホッファが静かに答えた。

「これは、メッセージだよ」

「メッセージ？」

「軍を辞めたからと言って、勝手なことをされては困る、というメッセージだ。わたしが新規に設立した軍事サービス会社は、それだけ警戒されているということだよ。これは主計部長とか、そういった単なる一部門の意思ではない。軍全体が、わたしの作る軍事サービス会社に対して、明確な隷属を要求しているということだ」

和尚が頷いた。

「民間企業は利潤追求で動きますからな、経済的に正しいこと以外に従うべき規範はない。とはいえ連邦宇宙軍の意図と関係なしに動く、軍事的組織などという存在を許すわけにはいかない。だから、金とモノを押さえて、勝手な真似が出来ないようにする……というところですか」

ロケ松が、顔をしかめた。

「裏金作りに加担させて、同じ穴のムジナに仕立て上げ、宇宙船は軍に頼らなけりゃ飛べないようにして……連邦宇宙軍であんなに功績をあげてきた中将に、よくもまあ、こんなひどい仕打ちが出来るもんだ」

「だから……ですよ」和尚が言った。「ムックホッファさんだから、こういう仕打ちをされるんです。この人は、軍という組織に所属していました。でも、軍という組織に依存していなかった。依存してしまえば楽なのに、それをしなかった。軍に依存している軍人たちから見れば、こんな不気味な存在はありません」

「いえ、わたしは単に不器用なだけですよ」

ムックホッファは照れたように笑って肩をすくめた。

操縦席でコントロールスティックを握ったまま、ムックホッファたちの会話を聞いていたロケ松が、ゆっくりと言った。

「この輸送船ですが……おれに任せてくれませんかね？」

「ロケ松さんに？　どうするつもりです？」

ロケ松はにやりと笑った。

「機関学校主任教官の立場を、フルに使わせてもらおうと思ってね……この輸送船、名義はまだ軍のままですよね？」

「ああ、まだ正式に払い下げは受けていない。軍の管財部の管理下にあるはずだ」

「それならオッケー、まあ、見ていてください。こいつをバリバリの新品同様、いや、外見はそのままでも、中身はトンでもねえ代物に仕立て上げてみせます」

ロケ松は自信ありげに頷いた後で、ムックホッファに向き直って敬礼した。

「連邦宇宙軍機関中佐熊倉松五郎、ムックホッファ殿の義勇軍に加わらせていただきます！　この輸送船は、その手土産にするつもりです。お楽しみに！」

ムックホッファは小さく頭を下げた。

「苦労させると思うが……よろしく頼む」

「いえ、それは承知の上です！」

嬉しそうに眉毛を下げて相好を崩すロケ松を見て、和尚が小声で聞いた。

「このオンボロ輸送船を、どうやって新品同様にするつもりかね？　そんな魔法みたいな方法があるとは思えんのだが……」

ロケ松は、にやっと笑うと、握っていた連絡艇のコントロールスティックを、ぽんぽん、と叩いた。

「和尚さん、この連絡艇の横っ腹には、何て書いてありましたか？」

「そりゃあ、連邦宇宙軍機関学校……あ、そうか！」

和尚は、目を見開いた。

「そうです。機関学校には、部品も、設備も人手も全部揃ってます。おれは、このオンボロ船を、教材用って名目で借り出すつもりです。んでもって、フルチューンして、元に戻す。戻したところを、中将が払い下げを受ける、って筋書きです。

そんなにうまくいくかどうかは分かりませんが、なあに、こういう時に使える貸しが山ほどあります。軍を辞める前にその貸しを全部返してもらうだけですよ」

ロケ松はそう言うと、連絡艇のコントロールスティックを倒した。

小刻みにバーニアから噴出する推進剤《アイス》の霧が、窓の外に広がって消えるのと同時に、連絡艇はゆっくりと方向を変え始めた。

6

民間軍事サービス会社〈銀星《シルバースター》ロジスティック・サービス〉が発足して、約二カ月が経過していた。

場末の貸しビルの一角にある事務所の中では、汎用事務机のモニターに表示された帳簿を眺めて、おトミさんがため息をついていた。

「毎日積み上がっていく経費の数字を見るのは、心臓に良くないわね……」

急須で淹《い》れたお茶を、お盆に載せて持ってきたピーターが、不安そうに聞いた。

「もしかして、うちの会社は、儲かってないんですか？」

「儲かってるも何も、まだ、何の仕事もしてないんだから、お金が入ってくるわけがないじゃない。この事務所の家賃も電気代も、そのお茶も、今のところ全部持ち出しよ」

ピーターは、その形の良い眉をひそめた。

「じゃあ、このまま仕事がないと、電気や水道、重力とか止められちゃうんですか？」

「重力は止められないと思うけど、電気や水道は止められるかもしれないわね」

ピーターは黙って下を向いていたが、やがて何かを決意したように顔を上げた。

「じゃあ、ぼくも働きます！　女の子の恰好で、この先にある飲食店街で、花売り娘をやって、お金を稼いできます！」

おトミさんは、びっくりしたようにピーターの顔を見た。

「そりゃあ、あんたなら、女装して……いえ、そのままでホステスさんとかに花を売ったら、人気が出そうだけど……いくらなんでも、あんたみたいな年端のいかない子を働かせるわけにはいかないわ」

「でも……」

おトミさんは、にっこり笑って、言葉を続けた。

「大丈夫よ、あんたが心配しなくても。ムックホッファ社長が、軍の偉い人に掛け合って、助成金を分捕《ぶんど》ってきてくれるわよ」

ピーターとおトミさんの会話を聞いていた和尚が、顔を上げて、心配そうに呟いた。

「今頃、ムックホッファ社長は、連邦宇宙軍のお偉いさんと直談判の真っ最中ですな。うまくいけばいいのですが……」

おトミさんは、自信ありげに微笑んだ。

「うまくいくに決まってます。こうやって、連邦宇宙軍の参謀総長が、サシで話がしたいと言ってきたのは、わたしの回顧録作戦が効果抜群だったからですわ」

「回顧録作戦と言えば聞こえはいいが、中身は半分恐喝みたいなものですな」

「あら、なんのことでしょう？　わたしは、ムックホッファ社長に、連邦宇宙軍にいた頃の思い出を回顧録として出版したらいかがですか？　と、お勧めしただけですわ。

そりゃあ、確かに、そのことを連邦宇宙軍の偉い人や、主計部の部長さんにわざわざお知らせしたのはわたしですけど……」

「何と言って知らせたのかは、聞かないことに致しましょう。わたしも命は惜しいですからな」

くくく、と声を押し殺して小さく笑った和尚をおトミさんは軽くにらんだ。

「人聞きの悪いことをおっしゃらないでください。それより、パイロットの手配はどうなっていますか？　社長の談判がうまくいけば、あの輸送船は、来週にもうちに払い下げになりますわよ。せっかくロケ松さんが、フルチューンパーツを組みこんで、バリバリの新鋭艦に負けないくらいまで魔改造してくれたってのに、肝心のパイロットがいないんじゃ話になりませんわよ？」

「今、あちこちに話を通しているんだが、待遇とか、そういった細かいことがまだ言えないのでね……空手形を切りまくるわけにもいかないし……」

「要するに、社長がいくら分捕ってくるか、その額しだいってことですか」

「そういうことですな……」

和尚が、ピーターの淹れてくれたお茶を一口、ずずっと啜って、小さく頷いた……その頃。

　ムックホッファは〈星京《ほしのみやこ》〉の行政区画の中心部にある、巨大円錐状の建物の中心部の一室にいた。

　その建物の名前は、東銀河連邦宇宙軍総司令部。

　この東銀河に存在するすべての軍隊の中で、最大の、そして、おそらく最強の組織である連邦宇宙軍の中心である。

「元気そうだね、ムックホッファ元中将……」

　革張りの高級なソファに座って、そう聞いたのは、ムックホッファと同じくらいの年齢の細面の男だった。

「おかげさまで、なんとかやっています、参謀総長閣下」

「軍を辞めると、急に老けこんでしまう人間をけっこう見てきたが、きみは逆だな、軍にいる時よりも生き生きとして輝いて見えるよ」

「……皮肉ですか？」

「いや、皮肉ではない。皮肉ではないが……回顧録を書くぞと脅しをかけてくる相手だからな、それくらいの皮肉は言わせてもらっても罰は当たらんだろう」

　ムックホッファは苦笑いを浮かべた。

　——あれは、末富《すえとみ》元大尉が勝手にやったことだが、そう言ってもこの男は信じようとはしないだろう。

「きみは軍人でありながら、常に軍という組織から一歩引いたところにいた。たとえ、軍と刺し違えても、きみには、失うものはない……それに気がつかなかったわたしが馬鹿だったよ」

「あなたも、軍をお辞めになったらいかがですか？　楽になりますよ」

今度は、ムックホッファの返しを聞いた参謀総長が苦笑を浮かべる番だった。

「軍を辞めて……か。わたしにはきみが理解できんよ。連邦宇宙軍中将にまで昇り詰めた男が、なぜ、そこまでして、そこまで人生かけて、獲得した巨大な権力と、それを支えてくれる組織を捨てて平気でいられるのだね？」

ムックホッファはしばらく無言で考えていたが、やがて、ゆっくりと口を開いた。

「確かに、わたしには権力がありました。他人の運命を自由にできる権力です。たとえ勝ち目のない戦いでも〝戦え〟と部下に命令すれば、彼らは無言で命令に従い、戦い、そして死んでくれました。他人の生死を自由にできる、こんな権力を持てるのは、神か将軍だけです。だからこそ、わたしは自分に言い聞かせ続けてきたのです。

わたしの権力は、すべて制服と階級章に付随するものだ。わたしのものではない。当番兵がわたしに敬礼するのも、何千という兵士の乗った戦闘艦を、戦いに送りこめるのも、これはすべて制服と階級章が、わたしに与えてくれたものでしかない。ムックホッファという一人の人間に与えられたものではない、誤解するな……と」

「確かにきみの言うとおりだ。軍において、権力は階級に付随する。階級が上がれば、権力も増大する。それに伴って責任も増えるが、権力が自由に使えるという利点は、責任を負わされるデメリットを差し引いても余りある。だから、兵士も士官も、昇進したがる。きみだって権力が欲しいから中将にまで出世したのだろう？　違うのかね？」

ムックホッファは、肩をすくめた。

「ええ、確かにわたしは出世したかった。だから努力しました。そして中将になりました。でも、それは権力が欲しかったからではありません。わたしは……自由に仕事をやりたかったただけなのですよ」

参謀総長は、珍獣を見るような目でムックホッファを見た。

「……それが、きみの本音だとしたら、きみは上司に恵まれていたのだろうな。普通の人間は、組織の中で楽をしたい、とか、組織の中で尊敬されたいとか、そういう理由で出世する。そして、そういう価値観で部下を評価する人間がほとんどだ。仕事の成果だけを客観的に見て評価できる上司は、そう多くない」

そう答えながら、参謀総長は、自分がムックホッファに感じていた違和感の正体が見えたような気がした。

――この男は、昔から身にまとう空気が違った。自由なのだ。制服を着ていても、その制服の下には、個人としての自分がそこにいるのだ。

連邦宇宙軍中将という肩書きや、身分や特権をすべて失ってもなお、そこに自分がある。

そして、この男は、自分の力……ムックホッファという個人の力を信じているのだ。

参謀総長は、嘲笑《あざわら》おうと思った。

おまえは何様だ、おまえに、そんな力などありはしない、個人の力などたかが知れている。子供じみた願望に過ぎない……と。

だが、できなかった。

——この男は、やろうとしているのだ。

組織に頼ることなく、一人の人間としての、力、魅力、スキル、それだけで、いかに人を魅了し、人を集め、人と共に何事かを為すか。

連邦宇宙軍の将官でもなく、企業の社長としてでもなく、何の権限も力もなくなった〝自分〟に、ほかの人は、どれだけ価値を見出してくれるか、それを試そうとしているのだ。

——わたしに、それができるだろうか？

その問いかけの答えを知っているがゆえに、参謀総長は嘲笑うことができなかった。

参謀総長は、大きく息を吐いて、そして、呟くように言った。

「士官学校で言われた言葉を思い出したよ……制服を着ても、制服に着られるな、というお決まりの文句だ。わたしは、その意味を今、あらためて思い知らされたよ。今まで、さんざん士官学校の生徒たちに偉そうな顔で訓示を垂れてきたが、わたしはその言葉の本当の意味を理解していなかったのかもしれんな」

「制服を着ても、制服に着られるな、ですか……」

「ああ、そうだ。組織の一員になっても、組織に依存するな、という、簡単に見えるが、もっとも難しいことを言った言葉だよ。この参謀本部、いや連邦宇宙軍総司令部の中にいる軍の高官で、いったい何人が、軍人の身分や特権に寄りかかることなく、自分個人の力で立てるだろう？

一度手に握った権力を手放せる人間は多くない。だが、多くないからそれが正しいということではないのだ」

参謀総長は、あらためてムックホッファの顔を見た。

——この男は自信家だ。いや、野心家と言ってもいいだろう。組織の中にいて、組織に依存せず生きていくには、自分を信じることが重要だ。

だが、この男の持つ自信は、他者を抑えつけることで得たものではない。他者を支え、そして支えられた人が寄せる想い。勝ちとった信頼。それによって、自分の地位を高め、出世してきたのだ。

——この男は危険だ。この男には勝てない。いや、勝ち負けとかそんな次元の話ではない。この男は生きているステージが違うのだ。

参謀総長は、胸の中の考えを顔に出さぬまま、話題を変えた。

「そう言えば、きみの民間軍事サービスの会社に、軍を辞めて何人か入社したようだな。主計部長が青くなっていたよ……仕事ができる人間を引き抜かれて困るのとはちょっと違う困り方のようだったがね」

「主計の人間は、軍の金の流れを知り尽くしていますからね……裏も表も」

「そのことなんだが。守秘義務という言葉を今さら言うつもりもない。あわよくばきみを脅かして、われわれの側に引っ張りこんで、とか考えていたが、話をして良く分かった。きみとわれわれは相いれない。これ以上軍がきみに関わると、おたがいが不幸になる……そうだろう？」

「ええ、わたしもそう思います」

参謀総長が、応接セットのサイドテーブルの上に指を置くと、テーブルの上に書類がずらずらと表示された。

指を動かして書類を拡大し、そのますっと動かすと、表示された書類がくるり、とまわってムックホッファ側を向いた。

「これが、きみが申請した助成金と払い下げに関する書類だ。今、即決で決裁しよう。主計部長がきみに押しつけた案件は、撤回する。天下りも、例の裏金もいっさいなかったことにしよう。その代わり……」

「やはり、交換条件付きですか……」

にやりと笑ったムックホッファを見て、参謀総長は肩をすくめた。

「無条件降伏はできんよ、こっちにも都合やメンツがある。ムックホッファのやつは、金が欲しくて恐喝まがいのことをやっている！　守秘義務違反だ、逮捕しろ！　とわめいている馬鹿どもがいくらでもいるのだよ。実情を知らん人間ほど、威勢が良いというのは、きみも良く知っているだろう？　そいつらを納得させるものが必要なのだ」

「分かります……で、条件とは？」

「今後二度と、軍関係の役職についたり、政治的活動を行なったりしないこと。そして〈星京〉に近づかないこと。この三つだ」

「なるほど、軍や政治に関わるな。ついでに、他人の神輿《みこし》に乗るな、ということですな」

「悪い条件ではないと思うが、どうかね？」

「ええ、確かに。しかし、軍に関わらない、〈星京〉から出ていく、という条件を呑むとなれば、民間軍事サービス会社を経営するのは、あきらめねばなりませんな」

ムックホッファはそう言うと、上目遣いに、ちらっと参謀総長を見上げた。

「……分かった。会社設立にかかった経費は、こっちで持とう。それでいいか？」

「いや、経費は要りません、結構です。その代わりに、そうですね、どこか辺境の……そう〈星涯《ほしのはて》〉あたりに使えそうな小惑星があれば、それをいただけませんか？」

「〈星涯〉だと？　ずいぶんと辺境の星系だが……まあ、こちらとしても、中央から遠ければ遠いほど安心だ。今の時代、物理的な距離などあってないようなものだが、心理的に違うからな……ほかに何か要求はあるかね？」

「いいえ、ありません。お心遣いに感謝いたします」

「何をいまさら……ああ、言い忘れたが、回顧録の執筆もなしだ。きみのところの末富元大尉にも良く言っておいてくれ」

「分かりました。守秘義務の厳守を申し伝えておきます」

参謀総長は、ふう、とため息をつくと、ソファから立ち上がってすっと右手を差し出した。

「今日のことは、文書にはいっさい残さない。すべてわたしの胸の中だ。だが、サインも何もないのでは不安なのでね、せめて、握手くらいはさせてくれんかね？」

ムックホッファも立ち上がり、参謀総長の顔を正面から見つめた。

その目は、自分の目を通して、胸の中を探っているように思えたが、それが自分の思いすごしであることに気がついていた。

——この男は、鏡だな。

今まで、この男のことを悪く言う人間と、良く言う人間の両方を見てきたが。なるほど、この男を悪く言う人間は、軍に依存し、軍の権力を使うことを当然だと思っている人間ばかりだ。

人間の本性を知りたければ、その人間に権力を与えよ、とは良く言ったものだ。

ムックホッファは、ふっと微笑むと、参謀総長の右手を握った。

「ありがとうございました。おそらく、もう二度と、お目にかかることはないでしょう」

「うむ、わたしの示した条件を守るとしたら、これが最後の機会になるわけだな……もう、軍に未練はないだろうが……」

ムックホッファは静かに首を振った。

「いえ、そんなことはありません。わたしは連邦宇宙軍が大好きでした。男が自分の半生をかけて取り組んだ仕事です。そこに未練がないはずがありません。わたしは軍人だった自分を誇りに思います」

ムックホッファの目は真実を語っていた。

「分かった。きみの誇りを汚すことのないように、わたしも残り少ない任期を、精いっぱい務めさせてもらおう。今日はご苦労だった」

「いえ、こちらこそ。では、失礼します」

ムックホッファは一礼すると、応接室から出て行った。

廊下を去って行く足音が消えた頃、応接室の奥のドアを開けて、一人の参謀が入って来た。

「帰りましたか……」

「ああ、帰った。こっちの条件をそのまま呑んで。余分な要求はいっさいしなかったよ」

「もしものことを考えて、機密費のほうからいくらかまわす用意をしていましたが、無駄になりましたな……」

「正当な理由のある金だけでいい、ということなのだろう。いかにも彼らしいけじめのつけ方だ」

「ああいったストイックなところが、兵士たちに人気があった理由なんでしょうな」

参謀総長は、ちらりと、参謀を見た。

「きみは、彼のあの姿勢を、人気取りのためだと思っているのかね？」

「あ、いえ、そういうわけではありません。人気取りのためというのではなく、自然にやっていることが、部下の人気、というか信頼につながっているのではないか、ということです」

参謀総長は満足げに頷いた。

「公明正大な上司というのは、部下の理想だからな」

参謀は、ムックホッファの消えたドアを見て、呟いた。

「あの人は、連邦宇宙軍を辞めて、軍事サービス会社も潰されて、辺境に追われることになったのに、まったく打ちひしがれた様子がありませんでした。逆に、意気揚々《いきようよう》と、部屋を出て行きましたが……あんな辺境で、何をするつもりなんでしょうね？」

「さあな……」

参謀総長は、小さく首を振った。

「何をやろうとしているのか分からんが、彼はそこで〝元中将〟でも〝社長〟でもない呼び方で呼ばれるだろうな」

「それは……どんな呼び名ですか？」

「そうだな……〝頭目《とうもく》〟とでも呼ぶんじゃないのか？」

「頭目？　まるで山賊か海賊ですな」

「ああ、肩書きでも階級でもない、心意気で結びついた組織。いわば一匹オオカミを集団運用するような組織だ。彼は、そういった組織のトップに向いている人間だよ」

参謀総長はそう言うと、サイドテーブルの上に表示されている書類に目を落とし、決裁のボタンを押した。

ピッ！　という短い電子音が参謀総長の応接室に響いた。

それが、〈星海企業〉の産声《うぶごえ》だった。

あとがき

銀河乞食軍団・黎明篇いかがでしたでしょうか。

わたしが野田昌宏氏の銀河乞食軍団シリーズのリメイクをすることが決まって、あらためて野田さんのお書きになった銀河乞食軍団を読みなおしたとき、わたしの脳内に浮かんだのは〝ムックホッファは、なぜ銀河乞食軍団を作ったのだろうか？〟ということでした。

ムックホッファは連邦宇宙軍を中将で退役した人物です。普通の退役軍人というのは、いわば御隠居です。もし、何かやるとしても、自分で〝組織〟を作ろうとは思わなかったはずです。個人として、できることを探したでしょう。

しかし、ムックホッファは銀河乞食軍団を作ろうと決意し、そして組織を作り上げました。

彼をして、そう思わせた理由。銀河乞食軍団が存在する理由、誕生した経緯。それを描くことで〝銀河乞食軍団〟とは、こういうものだ、と読者の方に示せるのではないか……

わたしはそう考えたのです。

そして、野田さんご本人や野田さんのご家族から、野田さんがフジテレビをお辞めになり、日本テレワークを設立した当時のいきさつや、社長として活躍していた頃のエピソードをお聞きしたときに〝星海企業〟と〝日本テレワーク〟がわたしの中でシンクロしました。

野田さんがお書きになった銀河乞食軍団には〝ロケ松〟という野田さん自身を投影したキャラクターが登場します。しかし、社長となった野田さんは、この〝ロケ松〟よりも、はるかにムックホッファに近かったのではないかと思ったのです。

わたしは自分の中にムックホッファを作り上げました。そして、そのムックホッファの思考をトレースし推察し、洞察して自分なりに答えを出したのが〝蒼橋義勇軍〟という存在でした。

ムックホッファをして銀河乞食軍団を作ろうと思わせるきっかけとなった組織。

〝そんな組織が可能なのだ〟と思わせる組織、それをまず創作するところから、わたしの銀河乞食軍団が始まりました。

銀河乞食軍団の原型となった蒼橋義勇軍の活躍と、それに絡む若き日のムックホッファやロケ松の姿を描き、そこから、野田さんのお書きになった銀河乞食軍団の世界に繋ぐ。

わたしの描いていた青写真はそういうものでした。

しかし、蒼橋義勇軍の物語を書けば書くほど、物語は銀河乞食軍団から離れていってしまいました。わたしは、野田さんのお書きになった物語にバトンを渡すということを甘く見ていたのです。

決定的だったのは、二巻を書き終えたときです。

わたしは、ムックホッファが退役するまでを描けば、そこから野田先生のお書きになった銀河乞食軍団にそのまま繫ぐことができると考えていました。

しかし、ムックホッファが退役するまでの物語では、とても銀河乞食軍団の物語世界の入り口にもたどり着けなかったのです。

退役した後が、本当の銀河乞食軍団の物語だったのです。

失敗し、成功し、それを繰り返しながら、人が集まってくる面白さ。次第に組織が作られていく面白さ。水滸伝で言えば、百八人の英雄が集結するまでの部分です。

そこにたどり着くまでの段取りが長すぎたのだ、という批判は甘んじて受けます。しかし、〝〈蒼橋〉動乱〟を描かなければ、わたしの中のムックホッファは納得しなかったのです。

実を言うと、この銀河乞食軍団・黎明篇は、わたしと、わたしの兄の二人で執筆をはじめました。

ライトノベルの書き方ではない、SFマインドのあふれた、スペースオペラとして書くには、わたしよりもＳＦに造詣が深く、わたしをＳＦに引っ張りこんだ兄の力が必要だと思ったのです。しかし、この四巻を書いている途中で、兄が入院してしまい、執筆が止まってしまいました。

〝もしも〟兄が入院しなかったら、もっと早く、お届けできたかもしれません。しかし、それはすべて仮定の話です。わたしにできることは、わたしが書いた結果をこうやって皆さんにお届けすることだけです。

三巻が出た後、約一年もの間、待ってくださった読者の方がた、心を砕いていただいた早川書房の皆さん。そして、誰よりも、故・野田昌宏先生に、心より感謝申し上げます。

鷹見一幸

著者略歴　1958年静岡県生，作家　著書『時空のクロス・ロード』『アウトニア王国奮戦記』『銀星みつあみ航海記』『ご主人様は山猫姫』『激戦！　蒼橋跳躍点』他多数

HM=Hayakawa Mystery
SF=Science Fiction
JA=Japanese Author
NV=Novel
NF=Nonfiction
FT=Fantasy

銀河乞食軍団　黎明篇④

誕生《たんじよう》！　〈星海《せいかい》企業《きぎよう》〉

〈JA1007〉

二〇一〇年十二月　二十　日　印刷
二〇一〇年十二月二十五日　発行
（定価はカバーに表示してあります）

著　者　鷹《たか》見《み》一《かず》幸《ゆき》
原　案　野《の》田《だ》昌《まさ》宏《ひろ》
発行者　早川　浩
発行所　株式会社　早川書房

郵便番号　一〇一 - 〇〇四六
東京都千代田区神田多町二ノ二
電話　〇三 - 三二五二 - 三一一一（大代表）
振替　〇〇一六〇 - 三 - 四七七九九
http://www.hayakawa-online.co.jp

乱丁・落丁本は小社制作部宛お送り下さい。
送料小社負担にてお取りかえいたします。

印刷・三松堂株式会社　製本・株式会社フォーネット社

ISBN978-4-15-031007-3 C0193

＊本書は活字が大きく読みやすい〈トールサイズ〉です